Bonnie Bryant

*Drei Mädchen gründen einen Club*

Sattelclub Band 1

Bonnie Bryant

# *Drei Mädchen gründen einen Club*

Sattelclub Band 1

Aus dem Amerikanischen übersetzt
von Brigitte Barbacsy

Otto Maier Ravensburg

Die Deutsche Bibliothek – CIP-Einheitsaufnahme

**Bryant, Bonnie:**
Drei Mädchen gründen einen Club / Bonnie Bryant.
Aus dem Amerikan. übers. von Brigitte Barbacsy. –
Ravensburg : Maier, 1993
(Sattelclub ; 1)
ISBN 3-473-34671-3
NE: GT

*Für Marilyn E. Marlow*

1 2 3 4 5 97 96 95 94 93


Die amerikanische Originalausgabe erschien
unter dem Titel „The Saddle Club – Horse Crazy“
beim Verlag Bantam Books, New York

Umschlagkonzeption: Ekkehard Drechsel
Umschlagillustration: Ulrike Heyne
Redaktion: Hjördis Fremgen
Gesamtherstellung:
Graphischer Großbetrieb Pößneck GmbH
– Ein Mohndruck-Betrieb –
Pößneck, Thüringen
Printed in Germany

Papier aus chlorfrei gebleichtem Zellstoff

ISBN 3-473-34671-3

# 1

„... und das ist mein letztes Wort, Jennifer!" Damit hatte ihre Mutter mit Nachdruck die Zimmertür geschlossen. Noch lange klangen diese Worte Jenny Lake in den Ohren. Sie kannte ihre Mutter; sie meinte, was sie sagte. Hatte Mrs. Lake erst einmal einen Entschluß gefaßt, war sie ebenso eigensinnig wie ihre Tochter.

Jenny warf sich auf ihr Bett. „Wie ich es hasse, wenn sie mich Jennifer nennt", maulte sie. Madonna, ihre Katze, ließ sich am Fußende des Bettes nieder, und Jenny streichelte sie gedankenverloren. Sie mußte sich jetzt etwas einfallen lassen. Ihre Eltern hatten ihr klar zu verstehen gegeben, daß sie an dem Dreitageritt in drei Wochen nicht teilnehmen dürfe, wenn sie wieder so schlechte Noten nach Hause brächte. Dann würden sie nämlich diesen Ausflug nicht bezahlen. Jenny sollte endlich beweisen, daß sie die Schule ernst nähme.

„Ausflug" war leicht untertrieben, dachte Jenny. Der Ausritt in die Berge mit Zeltlager wurde jedes Jahr zum Abschluß der Turniersaison veranstaltet. Seit Monaten war er Gesprächsthema Nummer eins unter den Freundinnen im Reitstall. Hauptsächlich aber sprach sie darüber mit ihrer besten Freundin, Laura Hanson. Sogar ihr Gepäck hatten sie Stück für Stück durchgesprochen. Sie mußte einfach dabeisein!

Jenny seufzte. Natürlich konnte sie bessere Noten schreiben, wenn sie wirklich wollte. Sie war nicht dumm, nur tat sie eben lieber das, was sie interessierte. Und das waren nicht gerade die Schularbeiten. Mit Mathe hatte sie allerdings Schwierigkeiten. Zu allem Übel mußte sie in drei Wochen ein schriftliches Mathereferat über Dezimalzahlen und Prozentsätze abliefern, das für die Mathenote im Zeugnis ausschlaggebend war. Und dieses Zeugnis gab es genau einen Tag vor dem Ausritt! Aber wie sollte sie ausgerechnet mit einer Arbeit in Mathe ihre Noten verbessern?

Sie grübelte. Vielleicht sollte sie die Arbeit über die Hobbyfischzucht ihres Bruders Michael schreiben und täglich zählen, wie viele kleine Fische hinzugekommen waren? Daraus könnte sie Prozentsätze errechnen und Dezimalzahlen darstellen. Viel zu langweilig, entschied sie und verwarf die Idee. Sie konnte natürlich auch ein wenig im Büro ihres Vaters arbeiten. Er hatte viel mit Zahlen zu tun. Aber dann überlegte sie, welche Folgen es für ihren Vater haben könnte, wenn sie Fehler machen würde. Also auch keine Lösung.

Was konnte sie tun? Gab es denn keinen Ausweg? Doch! Ihre Eltern hatten zwar gesagt, sie würden bei schlechten Noten den Reitausflug nicht bezahlen, aber Jenny konnte doch selbst dafür aufkommen! Sie hatte immerhin ein paar Dollar in ihrem Sparschwein, aber nicht genug für diesen Ausritt mit zwei Übernachtungen. Ihr Taschengeld war regelmäßig in wenigen Tagen verbraucht. Alex, ihr Zwillingsbruder, tröstete sie immer mit der Erkenntnis, daß die Woche eben zu viele Tage hätte. Vom Taschengeld etwas zu sparen war daher unmöglich.

Aber sie konnte doch Geld verdienen und es für den Ausritt sparen! Das war die Lösung! Jetzt wurde Jenny lebendig. Ihr Hirn arbeitete fieberhaft. Es gab doch unzählige Dinge, die sie für die Leute in der Nachbarschaft erledigen konnte. Und dafür würde man sie bezahlen! Zwar hatte sie bis jetzt noch nie versucht, Geld zu verdienen, aber viele ihrer Mitschülerinnen hatten kleine Jobs. Also konnte es so schwierig nicht sein. Jenny ließ ihrer Phantasie freien Lauf. Sie sah sich Einkaufskörbe schleppen, Hunde spazierenführen und auf Babys aufpassen. Sie konnte ihren Freundinnen unangenehme Haushaltspflichten abnehmen oder für Leute, die in Urlaub waren, Blumen gießen. Es gab viele Möglichkeiten.

Madonnas beharrliches Miauen an der Zimmertür riß sie aus ihren Gedanken. Jenny sprang vom Bett und öffnete Madonna die Tür. Die Katze wand sich aus dem Zimmer und ging mit elegant aufgestelltem Schweif die Treppe hinunter. Und auch Jenny, jetzt in bester Stimmung, lief in die Küche und half ihrer Mutter bei den

Vorbereitungen zum Mittagessen. Sie mußte nämlich gleich nach dem Essen zur Reitstunde. Darauf freute sie sich immer. Außerdem würde sie dort Laura treffen, die bestimmt auch noch Ideen hatte, wie sie Geld verdienen konnte. Es sah jedenfalls nicht mehr so trostlos aus.

Laura Hanson war bereits im Stall. Ihr Vater, ein Oberst der Marineinfanterie, hatte an diesem Nachmittag Dienst. Da er derzeit in Quantico bei Washington stationiert war, mußte er seine Tochter schon zwei Stunden vor der Reitstunde in Pine Hollow abliefern. Dafür entschuldigte er sich immer bei seiner Tochter, aber Laura beteuerte ihm, daß ihr das überhaupt nichts ausmache. Sie war immer gern dort; ja sie hielt sich nirgends lieber auf als in Pine Hollow.

Laura gefiel die Reitanlage, zu der 25 Pferde gehörten. Der Stall war U-förmig gebaut; an den beiden Längsseiten befanden sich die Pferdeboxen. Die kurze Seite bot Platz für die Sattelkammer, in der Sättel und Zaumzeuge untergebracht waren, sowie die Gerätekammer für das Putzzeug, die Heu- und Mistgabeln sowie Stallbesen. Schließlich gab es noch die Futterkammer, wo Hafer und ein paar Ballen Heu lagerten. Laura konnte Stunden damit zubringen, von Box zu Box zu gehen, die Pferde zu tätscheln und mit ihnen zu reden. Max Regnery sah darin nur Zeitvergeudung. Max war der Besitzer der Anlage. Sein Großvater hatte sie seinem Vater und dieser ihm vererbt. Auf den ersten Blick wirkte Max locker und sehr ruhig, aber seine Schüler wußten genau, daß ihn nichts so sehr irritierte, als müßiges Herumstehen. Laura durfte sich immer im Stall aufhalten – solange sie sich nützlich machte. Heute arbeitete sie in der Sattelkammer. Sie hatte auf einen Sattelbock vor sich einen Sattel gelegt, den sie mit einem feuchten Schwamm und Sattelseife abrieb. Es gefiel ihr, wie durch die Seife das stumpfe Leder wieder glänzend wurde.

Laura Hanson war, wie Jenny, zwölf Jahre alt. Sie hatte eine zarte Figur und dunkelbraune, lebhafte Augen. Ihre gelockten, schwarzen, schulterlangen Haare trug sie meist offen, nur für Reitwettbewerbe flocht sie sich einen Zopf und steckte ihn hoch.

Pferde waren Lauras ganzer Lebensinhalt. Später einmal, wenn sie erwachsen war, würde sie ihren eigenen Reitstall haben. Das wußte sie jetzt schon.

Ihre Freundin Jenny kam meist in letzter Minute in den Stall, aber Laura war jetzt trotzdem nicht allein. Während sie arbeitete, plauderte sie mit der Mutter von Max, die von allen liebevoll Mrs. Reg genannt wurde.

„Dad hat sich doch tatsächlich entschuldigt, weil er mich heute schon so früh hier abliefern mußte. Seltsam, immer wieder versichert er mir, daß ihm dies leid tut und jenes…"

„Es ist ihm eben so zumute, Laura", sagte Mrs. Reg sanft.

Laura dachte nach. Es stimmte. Ihr Vater war niedergeschlagen, seit Lauras Mutter vor sechs Monaten an Krebs gestorben war. Auch sie vermißte ihre Mutter schmerzlich.

„Es ist nicht nur Trauer, Mrs. Reg“, entgegnete Laura.

„Ja, dein Vater leidet darunter, daß er dir nicht gleichzeitig Vater und Mutter sein kann.“

„Aber das erwarte ich doch gar nicht von ihm“, protestierte Laura.

„Dann mußt du versuchen, ihm das zu sagen“, riet ihr Mrs. Reg.

Laura vergaß den Sattel und überlegte, wie sie ihrem Vater erklären sollte, daß sie durchaus nicht mehr von ihm erwartete, als er ohnehin für sie tat.

„Mrs. Reg“, sagte sie schließlich mit fester Stimme. Die freundliche Dame sah sie an. „Haben Sie je den Ausspruch gehört: Ein Oberst läßt sich von einem kleinen Soldaten nicht belehren?“

Mrs. Reg lachte und nickte. „Okay, dann mußt du dich eben gedulden. Mit der Zeit wird er seine Tochter kennenlernen.“

Laura nahm den gereinigten Sattel hoch und hob ihn auf den Halter. Dann holte sie das Zaumzeug herunter, das über dem Sattel hing.

„Wenn du das Zaumzeug gereinigt hast, brauche ich dich in der Bahn“, rief ihr Max im Vorübergehen zu. Er führte Patch, einen schwarzweißen Schecken, in die Halle. Laura stutzte und schaute ihm nach. Max und dem Pferd folgten ein Mädchen, das Laura irgendwie bekannt vorkam, und eine Dame, die anscheinend die Mutter des Mädchens war. Das Mädchen war zart, hatte welliges braunes Haar und eine kleine Stupsnase mit Sommersprossen. Sie sah niedlich aus und blickte mit klugen Augen um sich.

Jetzt fiel Laura auch der Name der neuen Reitschülerin ein. Sie hieß Julia Atwood und besuchte, wie sie, die Willow Creek Junior High School, nur die nächsthöhere Klasse. Laura hatte sie bis jetzt nur nicht beachtet. In der Schule hatte sie das selbstbewußte Auftreten einer guten Schülerin, aber hier im Stall bewegte sie sich unsicher und schien sich in ihrer Haut nicht sehr wohl zu fühlen. Laura beschloß, das Zaumzeug im Schnellverfahren zu reinigen, um dann zu sehen, was in der Halle vor sich ging.

Zögernd folgte Julia ihrer Mutter in die Reithalle. Sie kam sich fehl am Platz vor. Mrs. Atwood dagegen unterhielt sich angeregt mit Mr. Regnery über die Reiterei. Sie schwärmte von dem Naturtalent seiner künftigen Schülerin, die den Reitsport über alles liebte, bereits unzählige Lehrbücher über die Reiterei verschlungen hatte und nur noch eines endgültigen Schliffs bedurfte.

„Erst kürzlich hat sie bei einem Wettbewerb ein blaues Band gewonnen", erklärte Mrs. Atwood abschließend.

Erst jetzt begriff Julia, daß sie das gepriesene von der Reiterei besessene Naturtalent sein sollte, von dem ihre Mutter schwärmte. Und der Wettbewerb? Ach, das war ein Ponyreiten im Zoo gewesen. Sie war damals vier Jahre alt gewesen, und alle Kinder hatten blaue Schleifen bekommen!

Julia seufzte. Da sie in der Schule die Klassenbeste war, schien ihre Mutter zu erwarten, daß sie auch sonst überall besser als die anderen war. Jeden Montag besuchte sie eine Ballettschule, am Mittwoch einen Malkurs, und am Freitag spielte sie Tennis. Nun stand anscheinend dienstags und samstags noch Reiten auf dem Programm. Noch störte sie die hektische Betriebsamkeit ihrer Mutter nicht weiter, Julia fand sie nur langsam etwas albern. Und manchmal, wie jetzt gerade, schämte sie sich ein wenig.

Letztes Wochenende hatten sie im Reitsportgeschäft Stunden damit verbracht, ihre Reitausstattung auszuwählen. Julia steckte in einer modischen Reithose und in glänzendschwarzen Reitstiefeln, die bis zu den Knien reichten. Außerdem trug sie eine weiße Baumwollbluse und ein Halstuch, das mit Pferden bedruckt war. Ihr blaues Reitjackett war über den Hüften leicht ausgestellt. Sie trug eine mit schwarzem Samt bezogene Reitkappe. Ein Paar schwarze Reithandschuhe aus Leder vervollständigten ihre Ausstattung. So wie sie aussah, hätte man glauben können, sie würde gleich im berühmten

New Yorker Madison Square Garden starten. Julia dagegen kam sich vor wie eine Schaufensterpuppe.

Max Regnery wartete gelassen, während Mrs. Atwood ihre Lobreden über Julia abspulte. Er hielt Patchs Zügel in der rechten Hand. Julia stand links von ihm. Noch während Mrs. Atwood redete, wandte sich Max seiner neuen Schülerin zu. Bestimmt fand er ihre Mutter komisch, und Julia spürte, daß sie errötete. Während er Mrs. Atwood verständnisvoll zunickte, zwinkerte er Julia zu. Er hatte also ihre Mutter durchschaut! Er war in Ordnung. Als Mrs. Atwood endlich schwieg, fragte Max: „Bist du schon oft geritten, Julia?"

„Nur Ponys im Zoo und einmal bei einem Ausflug. Das heißt, ich kann mit einem Pferd im Schritt gehen und bringe es auch zum Stehen", sagte sie und ignorierte den starren Blick ihrer Mutter.

„Okay, dann wollen wir einmal sehen, was du im Zoo gelernt hast", entgegnete er. Dann zeigte er ihr, wie man auf ein Pferd aufsitzt, und schon befand sie sich im Sattel.

„Gut", lobte Max. Sie fühlte sich prächtig. Was sie aber noch mehr freute, war, daß dieser Mann ihre Mutter nicht ernst nahm, und es störte ihn offenbar nicht, daß sie keine Ahnung von Pferden hatte. Langsam entspannte sich Julia. Vielleicht war Reiten doch nicht so übel.

In diesem Augenblick sah Julia ein Mädchen in die Reithalle kommen. Auch sie trug Reithosen und hohe

Reitstiefel, die aber schon lange den Glanz der Neuheit eingebüßt hatten. Dieses hochgewachsene, schlanke Mädchen fühlte sich sichtlich wohl in seinen Kleidern – nicht kostümiert, wie Julia sich vorkam.

„Julia", sagte Max. „Darf ich dir Laura Hanson vorstellen?"

Er deutete auf das Mädchen. „Wenn unsere neuen Reiterinnen die Einführungsstunden absolviert haben, lasse ich sie mit gleichaltrigen Mädchen in einer Gruppe reiten. Du wirst in Lauras Gruppe sein, deshalb sollt ihr euch auch gleich kennenlernen."

„Wir kennen uns vom Sehen, Max", sagte Laura. „Wir gehen auf dieselbe Schule."

Julia sah sie erstaunt an, dann erkannte sie das Mädchen. In der Schule wirkte Laura immer etwas schusselig. Blätter, Hefte und Stifte umgaben sie in ziemlicher Unordnung. Hier im Stall jedoch schien Laura gelöst und selbstbewußt. Sie gefiel Julia; ein Mädchen wie sie hätte sie immer schon gerne zur Freundin gehabt. Vielleicht entpuppte sich die Reiterei doch noch als Spaß. Irgendwie wirkte Lauras Selbstvertrauen ansteckend auf Julia.

„Okay, jetzt zeige uns, was du kannst", sagte Max. „Geh als erstes einmal in den Schritt."

Julia nahm die Zügel auf und drückte ihre Absätze gegen den Bauch des Pferdes. Patch setzte sich in Bewegung, und zwar in einen langsamen, behäbigen Schritt. Julia fühlte sich sehr wohl. Das Natürlichste von Welt, dachte sie. Nachdem sie dreimal die Bahn umrundet hatte, forderte Max sie auf zu traben. Sie hatte keine Ahnung, wie man ein Pferd in den Trab bringt, aber Patch schien das Wort zu verstehen, denn er begann sofort zu traben. Ganz instinktiv paßte sich Julia den Bewegungen des Pferdes an, hob sich aus dem Sattel und setzte sich wieder hinein. Irgendwie mußte sie ja versuchen, sich dem auf und nieder wogenden Sattel anzupassen.

„Gut, gut", lobte Max. „Jetzt wieder Schritt." Gehorsam verlangsamte das Pferd sein Tempo und fiel in den Schritt. Julia hatte nicht das Gefühl, etwas Besonderes zu leisten, aber sie sah, wie ihre Mutter strahlte.

Gerade in diesem Augenblick öffnete jemand die Hallentür, sah wohl kurz herein und schlug sie wieder laut hinter sich zu.

Patch hatte, wie alle Pferde, ein gutes Gedächtnis für Geräusche, die ihn erschreckt hatten. Dazu gehörten Feuerwerkskörper. Er konnte zwar keinen Blitz wahrnehmen, aber ein lauter Knall war schon schlimm genug. Er brach aus – mit Julia auf seinem Rücken.

Zunächst buckelte Patch. Julia krallte sich vorne am Sattel fest und hoffte, oben zu bleiben. Dann, als das Pferd durch die Halle galoppierte, hatte sie doch einigermaßen Halt gefunden. Aber Patch legte zu und raste um die Bahn. Julia wußte gar nicht mehr, wo sie sich befand. Die Bande, Türen, Leute, alles drehte sich um sie. Wie sollte sie das Pferd zum Stehen bringen?

Sie hörte, daß Max „entspann dich“ rief. Galt das ihr oder dem Pferd? Egal. Keiner von beiden entspannte sich. Im Gegenteil, Patch raste weiter um die Bahn, und Julia hielt sich krampfhaft fest. Sie hörte nur die trommelnden Hufschläge des Pferdes: eins-zwei-drei, eins-zwei-drei. Es war wie ein rasender Walzer.

Julia konnte Walzer tanzen. Immerhin besuchte sie seit drei Jahren eine Tanzschule. Plötzlich gab sie nach und ließ ihren Oberkörper leicht im Rhythmus der Bewegungen des Pferdes mitschwingen. Und anstatt dem Pferd wie ein Mehlsack in den Rücken zu fallen, spürte sie, daß sie ganz gut im Sattel saß. Sie stemmte sich nicht mehr gegen die Bewegungen des Pferdes. Sie ließ den Sattel los, nahm vorsichtig die Zügel auf und zog leicht daran. Sofort gehorchte Patch und wurde langsamer. Anscheinend war sein Schreck verflogen, und er besann sich wieder seiner guten Manieren. Er ging in den Trab über. Wieder zog Julia die Zügel an, und das Pferd fiel vom Trab in den Schritt. Julia ging mit ihm zu der Stelle, an der ihre Mutter, Max und Laura standen. Ihre Mutter war kreidebleich. Laura sah mit unverhohlener Bewunderung zu ihr auf. Julia allerdings hätte gerne der Person in die Augen geschaut, die die Tür zugeschlagen hatte. Sie war jedoch nicht zu sehen.

Max half Julia vom Pferd. „Gar kein schlechter Zoo, in dem du deine erste Reitstunde gehabt hast“, stellte er fest.

# 2

Max entließ die Mädchen. Zuvor bat er Laura noch, Julia vor der Reitstunde ein wenig im Stall herumzuführen. Also folgte Julia Laura, die Patch in den Stall führte. Max unterhielt sich noch ein wenig mit Mrs. Atwood über die nun folgende Stunde.

Julias erste Reitstunde! Sie hatte reichlich gemischte Gefühle. Ihr soeben bestandenes Abenteuer mit Patch erfüllte sie einerseits mit Stolz, anderseits hatte es ihr doch etwas Angst eingejagt.

„Warum hat denn das Pferd so durchgedreht?" fragte Julia.

Laura blickte etwas verlegen um sich, dann zuckte sie die Schultern.

„Es gibt Pferde, die erschrecken vor bestimmten Dingen. Wenn man kann, meidet man die natürlich. Manche Pferde mögen keine Hunde, andere springen zur Seite, wenn etwas flattert. Patch verträgt keine lauten Geräusche. Leider merkt sich ein Pferd sehr lange, was es einmal erschreckt hat, besonders wenn es in jungen Jahren geschehen ist. Es lernt vielleicht, daß der Hund oder die flatternde Fahne nicht gefährlich sind, aber die Furcht davor überwindet es lange nicht."

Julia verstand das sehr gut. Sie hatte sich zwar gut gehalten, aber sie würde den Teufelsritt auch nicht so schnell vergessen. Das hatte sie wohl mit diesen großen Tieren gemein. Aber, wenn jeder hier im Stall wußte, daß Patch sich vor lauten Geräuschen erschreckte, warum hatte dann jemand die Tür zugeknallt und sie in Gefahr gebracht? Julia wagte es nicht, Laura diese Frage zu stellen, und Laura schien auch nicht darüber reden zu wollen.

Während sie Patch zu seiner Box führten, sah sich Julia um. Zu beiden Seiten der langen Stallgasse, die von der Decke her durch Tageslicht erhellt war, befanden sich Pferdeboxen. Jede Box hatte ein Fenster ins Freie und eine Schiebetür zur Stallgasse, die gerade so hoch war, daß das Pferd bequem darüberschauen konnte. Die anderen Pferde beäugten jetzt auch ihren Kameraden, den die zwei Mädchen vorbeiführten.

„Pferde sind neugierige Tiere. Sie wollen sehen, was vor sich geht", erläuterte Laura. „Deshalb hat jede Box sowohl ein Fenster als auch eine Tür, die oben offen ist."

Laura schob die Tür zu Patchs Box auf und führte ihn hinein. Sie gab Julia die Zügel in die Hand und lockerte den Sattelgurt. Julia blickte in Patchs Augen. Sie zeigten weder Angst noch Erregung. Im Gegenteil, die dunklen

Pferdeaugen blickten sie eher schläfrig, aber sichtlich zufrieden an. Julia strich zärtlich über Patchs Nase.

„Du wirst ihn auch in der Stunde reiten", sagte Laura. „Wir satteln ihn deshalb nicht ab. Das stört ihn nicht, solange er trinken kann." Laura sah nach, ob im Eimer frisches Wasser war. Dann stülpte sie ein Halfter über seinen Kopf und klickte jeweils einen Strick links und rechts in sein Halfter ein. Die Stricke waren an je einem Ring an den Boxenwänden befestigt. So konnte das Pferd sich nicht hinlegen und wälzen und Sattel und Zaumzeug beschädigen. Sie klopfte ihm den Hals, dann verließ sie mit Julia die Box. Draußen zog sie sofort die Tür zu, ließ sie ins Schnappschloß fallen und verriegelte sie. Julia bemerkte das Schloß und den zusätzlichen Riegel.

„Ist denn das notwendig?" fragte sie.

„Schau doch", sagte Laura. Tatsächlich. Patch streckte seinen Kopf über die Tür und begann sofort, den Türriegel mit der Nase zu bearbeiten. Innerhalb weniger Sekunden hatte er den Schiebebolzen zwischen den Zähnen und rüttelte daran.

„Pferde sind perfekte Ausbrecher. Gib ihnen keine Chance, sonst bekommst du Ärger! Okay, gehen wir jetzt in die Sattelkammer."

Im gleichen Moment wurde die Tür der Box nebenan zugeschoben und verriegelt. Laura versuchte, Julia an dem Mädchen, das jetzt in der Stallgasse stand, vorbeizulotsen, aber das Mädchen sah sie herausfordernd an.

„Julia Atwood – und das ist Veronica diAngelo", stellte Laura ein hüsches Mädchen mit weichen schwarzen Haaren vor. „Sie ist die..."

Veronica unterbrach Laura. „Du bist also die neue Schülerin!" sagte sie zu Julia.

Wieso wußte sie denn das? Da Julia keine Ahnung hatte, was sie zu Veronica sagen sollte, stand sie etwas verlegen da, während Veronica sie unverhohlen musterte. Julia fühlte sich wie von Röntgenstrahlen durchbohrt. Als schließlich Veronicas eingefrorenes Lächeln auftaute, wußte Julia, daß sie die Prüfung bestanden hatte – allerdings nicht, warum.

„Wie geht es Cobalt?" fragte Laura und deutete auf das Pferd in der Box hinter Veronica. Julia reckte sich und schaute in die Box. Selbst ihr laienhaftes Auge erkannte, daß dies ein besonderes Pferd war. Sein glänzendes Fell war pechschwarz. Seine lebhaften Augen blitzten, und sein Kopf nickte einladend. Laura trat näher an die Box heran und streichelte liebevoll die Stirn des Rappen.

„Wie du siehst, geht es ihm gut", sagte Veronica leichthin. „Willst du ihn morgen reiten?" Laura nickte freudig. „Gut. Wir sprechen nach der Stunde noch darüber." Veronicas Stimme klang irgendwie drohend, dachte Julia, aber sie konnte sich nicht denken, warum. Laura war doch so nett. Zu Julia gewandt, sagte Veronica: „Wir sehen uns in der Stunde." Dann ging sie.

Die Mädchen gingen die Stallgasse entlang zur Sattelkammer. Hier begegneten ihnen noch etliche andere Mädchen, aber alles ging so schnell, Julia konnte sich ihre Namen nicht merken – bis dann Jenny Lake angerannt kam.

„Laura!" rief sie, „ich muß unbedingt mit dir reden!"

Laura lächelte über ihre wilde Freundin. „Das ist Jenny Lake", sagte sie zu Julia. „Und Jenny, laß dich mit Julia Atwood bekannt machen. Sie reitet ab heute in unserer Gruppe mit."

„Ja, richtig, die Neue", sagte Jenny.

Woher kennt sie mich, wunderte sich Julia. Vielleicht hat sie die...

„Was ist denn wieder los?" hörte Julia Laura fragen. Jenny setzte zu einer ausführlichen Schilderung der Meinungsverschiedenheiten mit ihren Eltern und den Stand ihrer Schulnoten an. Julia kannte die Lakes. Sie wohnten in ihrer Nachbarschaft – im vornehmeren Teil. Sie hatten ein großes Haus mit einem Swimmingpool im hinteren Teil des Gartens.

Julia kannte Jenny nur vom Sehen. Jenny besuchte eine sehr teure Privatschule in der Nachbarstadt. Julia zog aus diesen Tatsachen den Schluß, daß die Lakes ziemlich wohlhabend sein mußten. Jenny sah man das nämlich nicht an. Sie trug alte, verwaschene Jeans und Cowboystiefel, die so aussahen, als hätten sie schon bessere Tage erlebt. Da merkte sie, daß sie jetzt Jenny so musterte, wie Veronica es vorhin bei ihr getan hatte. Julia wollte nicht unhöflich sein, denn sie mochte Jenny, weil sie bestimmt ein lustiges Mädchen war, mit dem man viel Spaß haben konnte.

„Wenn ich den Ausritt nicht mitmachen kann, sterbe ich!“ rief Jenny. „Ich habe immerhin schon die Jeans ausgewählt, die ich mitnehmen wollte, und seit Monaten träume ich nur noch von Bergpfaden und Lagerfeuer. Ich muß dabeisein!“ Laura nickte.

„Ich habe auch schon eine Idee. Ich werde genug Geld verdienen und niemals mehr eine Mathearbeit schreiben müssen!“ Aber im gleichen Atemzug wechselte sie das Thema: „Reden wir später darüber, ich muß Comanche vor der Stunde noch putzen. Willkommen in Pine Hollow, Julia. Es wird dir hier gefallen – wenn du erst einmal alle unsere Bräuche kennst.“

Bevor Julia fragen konnte, was sie damit meinte, war Jenny in einer der vielen Boxen verschwunden. Julia schmunzelte. Sie würde Jenny gern besser kennenlernen.

„Ist sie immer so ein Wirbelwind?“ fragte Julia.

„Immer“, versicherte ihr Laura lachend.

Jemand wie Jenny konnte natürlich auch die Tür zugeschlagen haben, als Patch in der Bahn war. Und das wäre dann keine Freundin für sie.

„Kommst du?“ fragte Laura. „Wir gehen in die Sattelkammer." Julia folgte ihr ans Ende der Stallgasse. In der Sattelkammer herrschte scheinbar eine heillose Unordnung. Lederzeug, Riemen und Leinen hingen an der Wand – und überall lagen Sättel. Dann war da ein starker, ungewohnter Geruch nach Leder und Pferdeschweiß. Sie atmete tief ein.

„Was sagst du? Du denkst sicher, hier wirst du dich nie zurechtfinden", erriet Laura Julias Gedanken. Julia nickte.

„Alles hat hier seinen Platz. Du mußt nur mit dem System vertraut werden. Hier hängen auch Reitkappen für Reiterinnen, die noch keine eigene haben." Laura deutete auf eine lange Wand, an der wohl 40 Reithelme in allen möglichen Größen aufgehängt waren. Julia war beeindruckt. Laura stutzte und sah ein zweites Mal auf die Reihe. Dann lachte sie laut auf. Auf den schwarzen Samt der Kappen waren sorgfältig ausgeschnittene weiße Buchstaben geklebt, die das Wort „Zeltlager" ergaben.

„Was bedeutet das?" fragte Julia.

„Typisch Jenny", stellte Laura fest, als wäre das eine Antwort auf Julias Frage. „Ich wollte sagen, das ist Jennys Werk. Sie hat immer solche Einfälle. Nächsten Monat findet nämlich ein dreitägiger Ausritt in die Berge statt. Du wirst noch viel darüber hören. Jenny freut sich schrecklich darauf – ich übrigens auch."

Julia überlegte, ob sie diesen Ausritt mitmachen

könnte. Wollte sie denn überhaupt? Würde ihre Mutter es erlauben? War es nicht seltsam? Noch vor einer halben Stunde hatte sie Angst, ein Pferd zu besteigen, und nun, nach einem Teufelsritt, liebäugelte sie bereits mit einem dreitägigen Ausritt. Aber Laura ließ ihr keine Zeit zum Träumen. Sie kam gleich wieder zur Sache. Sie zeigte Julia den Sattel und das Zaumzeug, die sie gerade erst mit Sattelseife eingerieben hatte. Es gehörte Delilah, dem Pferd, das Laura reiten würde.

„Delilah – was für ein Name“, lachte Julia.

„Warte, bis du sie gesehen hast“, sagte Laura und führte sie wieder hinaus in die Stallgasse. Delilah stand auf der anderen Seite von Patchs Box. Sie war eine wunderschöne cremefarbene Palomino-Stute mit einer langen, silberfarbenen Mähne. Ihr Name paßte zu ihr. Sie war eine Schönheit. So benahm sie sich aber auch so: Sie war etwas überspannt und zickig und gegenüber Fremden scheu. Laura ignorierte ihr Gehabe und begann, sie mit viel Geduld für die Stunde fertig zu machen.

Während der nächsten 15 Minuten demonstrierte Laura, wie man ein Pferd zäumt und sattelt. Julia erschien es schrecklich kompliziert.

„Niemals werde ich mir den Unterschied zwischen Stirnband und Genickstück oder gar Backenstück und Kehlriemen merken können!“ seufzte sie.

„Das kannst du bestimmt, warte nur“, tröstete sie

Laura. „Du weißt immerhin schon die Namen dieser Teile. Das ist schon etwas. Abgesehen davon, die Pferde kennen das alles und machen dir in der Regel die Arbeit nicht schwer. Und solange du Hilfe brauchst, ist immer eine von uns in der Nähe. Wenn du dann Erfahrung hast, wirst du wiederum einer neuen Reitschülerin helfen."

„Das kann ich mir gar nicht vorstellen."

„Doch, das ist zum Beispiel einer unserer Bräuche, Julia", erklärte ihr Laura geduldig. „Wir alle helfen uns untereinander, im Stall und wo es nötig ist. So lernt man und hilft sparen."

„Ich wollte nicht sagen, daß ich nicht helfen will", sagte Julia schnell, „ich kann mir nur noch nicht vorstellen, daß ich es schaffe, diesem Brauch gerecht zu werden."

Julia hatte das Gefühl, daß das Wort „Brauch" in Pine Hollow eine große Bedeutung hatte. Gerne hätte sie gefragt, wie weit das „Einander-Helfen" ging. Julia glaubte nämlich, daß Laura wußte, wer die Tür zugeschlagen und Patch erschreckt hatte. Warum blieb sie hier so verschlossen? Wem half sie in diesem Fall?

„Seid ihr bald fertig hier drinnen?" rief Jenny Lake und streckte ihren Kopf in Delilahs Box. Jäh wurde Julia aus ihren Gedanken gerissen.

„So gut wie", antwortete Laura. „Aber sei so nett, mach doch bitte Patch noch fertig und bring ihn für Julia in die Halle!"

„Natürlich", sagte Jenny bereitwillig.

Jenny verschwand, und Laura zeigte Julia, wie man den Sattelgurt anzog – das breite Band, mit dem der Sattel um den Pferdebauch gebunden wird. Delilah mochte das nicht. Zuerst blies sie sich auf. Als sie wenig später die Luft wieder herausließ, saß der Sattel zu lokker. Dann wich sie Laura aus oder stieß mit dem Kopf. Delilah drängte Julia in eine Ecke der Box, und Julia bekam es mit der Angst zu tun. Aber Laura blieb ganz ruhig. Jedesmal, wenn Delilah wieder aufmuckte, wies sie die Stute scharf zurecht und versuchte rasch nachzugurten. Nach dem sechsten Versuch hatte sie es geschafft.

Endlich konnte Laura Delilah und Julia zum Aufsteigeblock auf dem Sandplatz führen. Patch stand, am Zaun angebunden, schon bereit. Julia beäugte ihn mißtrauisch, aber er machte einen völlig gelassenen Eindruck. Julia stellte fest, daß sie und Laura die letzten waren. Max half noch einer Schülerin, den Gurt nachzuziehen. Alle anderen saßen bereits hoch zu Roß und beobachteten Laura und Julia. Julia war es unangenehm, daß sie sich vor aller Augen aufs Pferd schwingen sollte, aber es gab kein Entrinnen. Hilfesuchend blickte sie zu Laura hinüber.

„Okay, eins nach dem anderen", sagte Laura. „Siehst du dieses Hufeisen hier an der Bretterwand?" Julia schaute und nickte. „Das ist unser Glücksbringer. Du mußt ihn mit der rechten Hand berühren, bevor du auf dein Pferd steigst. Ein wichtiger Brauch, denn auf Pine Hollow hat sich noch niemand ernsthaft verletzt. Wir schreiben das unserem Glücksbringer zu."

Laura wischte mit der rechten Hand über das abgenutzte Hufeisen und schwang sich dann mühelos auf Delilah. Das geschah so selbstverständlich, daß Julia gar keine Bedenken kamen, ob sie das ebenso fertigbrachte. Sie wischte gehorsam über das Hufeisen, dann nahm sie die Zügel in die linke Hand und wollte aufsteigen. Daß alle Augen dabei auf sie gerichtet waren, versuchte sie zu ignorieren.

Irgend etwas stimmte nicht. Sie hob das linke Bein, aber da fehlte doch etwas? Sie versuchte sich dennoch hochzuziehen, aber es gelang ihr nicht. Richtig, es war kein Steigbügel da! Wo war der Aufsteigeblock, von dem Laura gesprochen hatte? Sie sah sich um – nichts. Sie versuchte auf das Pferd zu springen, aber es war zu hoch. Noch einmal versuchte sie, sich am Sattel hochzuziehen. Sie schaffte es nicht, weil sie den Sattel nicht richtig zu greifen bekam. Hilflos starrte sie auf das hohe Pferd, während ihr die Tränen in die Augen schossen.

Da hörte sie ein unterdrücktes Lachen. Und durch den Schleier ihrer Tränen aus Wut und Scham sah sie die Gesichter der Mädchen ihres Kurses. Etliche grinsten, eine verkniff sich mühsam das Lachen, eine andere kicherte, und eine lachte aus vollem Hals. Das war Jenny.

Als ihre Blicke sich trafen, versuchte Jenny ihr Lachen zu ersticken, indem sie die Hand vor den Mund preßte.

Auf Pine Hollow gab es wohl auch Bräuche, die Julia nicht so gefallen würden.

# 3

„Julia", rief Max mit energischer Stimme von der Mitte der Bahn, „setz dich gerade in den Sattel, und dann faß deine Zügel nach! Oberkörper zurück! Beine lang! Absätze tief!"

Julia gab sich alle Mühe, aber fünf Anweisungen auf einmal zu befolgen war nicht leicht.

„Schultern zurück! Zehenspitzen nach innen! Beine lang!"

Das waren jetzt schon acht Anweisungen, seufzte Julia in sich hinein. Alles ging schief, seitdem Laura ihr die Steigbügel gebracht und einhaken geholfen hatte. Nie würde sie eine gute Reiterin werden! Sie wollte auch gar nicht. Ihre Mutter hatte wieder einmal alles eingefädelt. Sollte doch ihre Mutter die Stunden nehmen!

Endlich wandte Max seine Aufmerksamkeit einer anderen Schülerin zu, und Julia konnte sich entspannen. Sie sah sich erst einmal die sechs anderen Reiterinnen in der Bahn an. Neben Laura und Veronica, die sie schon kannte, waren da noch Polly Giacomin, Betsy Cavanaugh, Meg Durham und, natürlich, Jenny Lake.

Julia spürte noch immer den Stich in der Brust, den Jennys Gelächter ihr verursacht hatte, nachdem Jenny absichtlich die Steigbügel von Patchs Sattel entfernt hatte. Ein Mädchen, das ihr einen solchen Streich spielen konnte, war sicher auch dazu fähig, die Tür zuzuschlagen, wenn Patch in der Bahn war. Laura und Jenny waren gute Freunde, deshalb hatte Laura auch ihre Frage nicht beantwortet. Julia nahm sich vor, Jenny das heimzuzahlen. Sie wußte nur noch nicht, wie.

„Okay, jetzt paarweise weiterreiten!" rief Max. Jeweils zwei Reiterinnen mußten mit ihren Pferden nebeneinander reiten.

„Das macht mir immer den meisten Spaß", flüsterte Betsy Julia zu, als sie mit ihrem Pferd an Patch heranritt. „Ich liebe Pferde!" Julia wußte darauf keine Antwort, also schaute sie geradeaus.

„Gut, Julia, schon viel besser", lobte sie Max. Das Lob tat ihr gut, obwohl sie wirklich nicht wußte, was sie nun falsch oder richtig gemacht hatte.

Sonst hörte Jenny es gar nicht gern, wenn Max die Gruppe aufforderte, paarweise zuerst im Schritt und dann im Trab um die Bahn zu reiten. Das war nämlich immer die letzte Übung vor dem Ende der Stunde. Nur heute wollte sie ausnahmsweise einmal schnell vom Pferd kommen, weil sie noch sehr viel zu tun hatte. Vor der Reitstunde hatte sie nämlich einer Nachbarin erzählt, daß sie Geld verdienen wollte, und sogleich ihren ersten Auftrag bekommen: „Du kannst meinen Swimmingpool saubermachen", hatte sie ihr spontan angeboten.

Außerdem mußte sie Laura unbedingt sprechen. Ihre Freundin mochte zwar in der Schule etwas schusselig sein, wenn es aber um Pferde ging, war sie zuverlässig. Jenny mußte für den Wanderritt unbedingt Geld verdienen, und dabei brauchte sie Lauras Hilfe.

Wie Max es angeordnet hatte, trabten sie jetzt paarweise. Dann war die Stunde zu Ende, das hieß, die „Limonaden-Peitsche", wieder ein Pine-Hollow-Brauch, mußte gezogen werden. Bei der letzten Runde in der Bahn zog jede Reiterin vom Pferde aus eine Peitsche aus einem Eimer. Wer die Peitsche mit dem Kronkorken erwischte, durfte für den ganzen Kurs Limonade holen, und ihre Partnerin mußte ihr Pferd versorgen.

„Heute schnappe ich mir die Limonaden-Peitsche", rief Jenny, als sie in den Peitscheneimer griff. Aber sie hatte kein Glück. Sie hielt eine neutrale Gerte in der Hand. „Mist!" zischte sie. Die anderen Mädchen lachten.

„Warum wolltest du denn heute unbedingt die Limonade holen?" fragte sie Laura.

„Es wartet noch ein Job auf mich – du erinnerst dich, ich habe dir doch erzählt, wie ich Geld verdienen werde." Laura nickte. Jenny merkte sehr wohl, daß Laura noch nicht daran glaubte. Aber sie würde es ihrer Freundin schon beweisen!

Schließlich stellte sich heraus, daß Julia die Limonaden-Peitsche gezogen hatte. Enttäuscht saß Jenny ab und führte Comanche zurück in seine Box. Laura erklärte Julia inzwischen, was sie zu tun hatte.

Julia gefiel das weniger, aber keiner sollte denken, sie wäre ein Spielverderber. So übergab sie Betsy ihr Pferd und ging in die Sattelkammer, wo neben einigen Stahlschränken auch ein Kühlschrank stand. Julia war allein. Alle Mädchen hatten mit ihren Pferden zu tun. Mütter, Väter und sonstige „Abholer" warteten im Büro, das sich in einem anderen Gebäude der Anlage befand. Und da, früher als sie gedacht hatte, bot sich die Gelegenheit, es Jenny heimzuzahlen.

Eigentlich konnte Julia kleine Streiche unter Freundinnen mit einem Achselzucken abtun oder einfach darüber lachen. Aber heute brachte sie das nicht fertig. Die Angst, die sie ausgestanden hatte, als Patch mit ihr durch die Bahn preschte, saß ihr noch in den Gliedern. Und dann Jennys Hohngelächter und das Grinsen der anderen, als sie ohne Steigbügel aufs Pferd kommen wollte! Julia schämte sich noch immer.

Vor ihr auf dem Boden stand ein Paar Turnschuhe. Es gehörte Jenny. Überall auf den Schuhen waren die Buchstaben J. L. aufgemalt; sonst hatte niemand diese Initialen. Und blitzschnell verknotete Julia die Schuhbänder.

Julia war einmal bei den Pfadfindern gewesen und hatte dort alle nur erdenklichen Knoten gelernt. Mit diesen verknüpfte sie nun Jennys Schuhe gründlich. Jenny würde zwar schnell herausbekommen, daß es Julia gewesen sein mußte. Aber wer anderen solche Streiche spielte, mußte mit einer Retourkutsche rechnen.

Nach kurzer Zeit waren Jennys Schuhe für mehrere Stunden unbrauchbar – es sei denn, Jenny Lake war auch einmal bei den Pfadfindern gewesen. Jetzt holte Julia sieben Flaschen Limonade aus dem reichlich bestückten Kühlschrank und verteilte sie unter den Reitschülerinnen, die noch mit ihren Pferden beschäftigt waren. Julia befand sich am anderen Ende der Stallgasse, als Jenny laut aufschrie. Laura war in der Nähe. Sie rannte sofort in die Sattelkammer, um nachzusehen, was geschehen war. Dort stand ihre beste Freundin in Socken und mit ihren Turnschuhen in der Hand.

Die Schuhbänder waren kunstvoll verknotet, und zwar so, daß man nicht einmal einen Schuh vom anderen trennen konnte.

„Ich kann es nicht fassen! Wo ich doch so in Eile bin!“ jammerte Jenny, als sie Laura sah.

„Schau dir das an! Jetzt sitze ich hier fest! Ich kann doch nicht in Reitstiefeln bei meiner Nachbarin erscheinen und dann ihren Swimmingpool putzen!“

Laura kannte Jennys Temperament. Regen und Sonnenschein folgten oft rasch aufeinander. Diesmal würden die Gewitterwolken nicht so schnell abziehen. Zu dumm, Jenny würde es jetzt wirklich nicht mehr schaffen, ihren ersten Job pünktlich anzutreten. Sie schimpfte und tobte und zerrte verzweifelt an den Knoten. Die anderen Mädchen strömten in die Sattelkammer und staunten über Jennys Wutausbruch.

Laura beobachtete die Mädchen. Einige schauten peinlich berührt, ein paar zeigten Mitgefühl. Veronica stand in der Tür. Um ihren Mund spielte ein höhnisches Lächeln. Von ihr hatte Laura nichts anderes erwartet.

Dann kam Julia herein. Laura sah sie an und wußte, daß sie es gewesen war. Jenny, die plötzlich den Kreis von Zuschauern um sich wahrnahm, sah Julias Gesicht, das ein einziges Schuldbekenntnis war.

Was würde nun geschehen? Laura kannte Jenny. Sie konnte zwar austeilen, aber nicht einstecken. Sie würde nicht bereit sein, ihren Streich mit den Steigbügeln mit den verknoteten Schuhbändern aufzurechnen. Für sie zählte im Augenblick nur ihr Job, für den sie jetzt zu spät dran war. Also schrie und schimpfte sie auf Julia ein.

Julia wäre am liebsten im Boden versunken. Sie haßte es, angeschrien zu werden, ebenso wie sie es haßte, ausgelacht zu werden. Hätte sich Jenny jetzt zu ihrem Streich – und zu der zugeknallten Tür – bekannt und entschuldigt, Julia hätte ihr auf der Stelle die Schuhbänder wieder entknotet. Aber Jenny hörte nicht auf, sie zu beschimpfen. Julia stand da und erwiderte nichts. Als

Jenny sich endlich entschloß, ihre Schuhbänder aufzuknoten, drehte sich Julia um und ging hinüber ins Büro, wo ihre Mutter schon auf sie wartete.

Julia verkroch sich in die äußerste Ecke des Beifahrersitzes und erklärte: „Freiwillig komme ich nicht mehr hierher, Mom. Ich will nicht reiten lernen! Keines dieser Mädchen will ich je wiedersehen! Ich will mich auf kein Pferd mehr setzen! Ich will keine Sattelgurte nachziehen, keine Trensen ins Pferdemaul schieben, ich will meine Beine nicht lang machen, nicht geradeaus schauen, die Absätze nicht nach unten drücken und die Zehenspitzen nicht nach innen drehen …! Ich will das alles nie mehr tun müssen!"

„Aber Liebling, du bist doch gut zurechtgekommen", versuchte sie Mrs. Atwood zu beruhigen, „und Max ist so nett, und die Pferde sind doch bildschön. Ich bin sicher, du wirst eine hervorragende Reiterin, Julia. Dein Vater und ich werden stolz auf dich sein. Und stell dir vor – Veronica diAngelo ist in deiner Gruppe; du wirst bald ihre Freundin sein, bestimmt, Liebes!"

Hatte ihre Mutter überhaupt gehört, was sie gesagt hatte, überlegte Julia. Oder hatte sie wieder einmal nur mit sich selbst gesprochen?

„Du bist so still, Julia", sagte ihre Mutter und beantwortete damit Julias Frage. „Du hast dich doch amüsiert, nicht wahr, Liebes?"

Julia seufzte. Wieder einmal würde sie das tun, was

ihre Eltern wünschten. Wieder einmal würde sie ihr gutes kleines Mädchen sein, egal was *sie* gern getan hätte. Abgesehen davon, die Freundin von Veronica di-Angelo zu werden, war nicht schlecht. Wenn sie Veronicas Freundin wäre, könnte sie Laura und Jenny links liegenlassen. Und für einen Moment vergaß sie Laura und Jenny und dachte an ihr Pferd Patch. Während der ganzen Stunde war es sanft und gutmütig gewesen und hatte ihr Unvermögen geduldig hingenommen. Gegen ihren Willen mußte sie sich eingestehen, daß es schön war, auf einem Pferd zu sitzen. Es war ein erhabenes Gefühl. Und so sehr es ihr widersprach, wenn Max von ihr verlangte, acht Anweisungen gleichzeitig zu befolgen, so sehr gefiel es ihr, wenn er sie lobte.

Gut, sagte sie zu sich selbst. Einmal, nächsten Dienstag, will ich noch in eine Stunde gehen – und danach entscheide ich mich.

# 4

„Laura, kannst du mir Kleingeld borgen. Ich muß telefonieren“, bat Jenny und hüpfte auf einem Bein zu Laura hinüber. Ihren zweiten Turnschuh, dessen Schuhbänder noch immer hoffnungslos verknotet waren, hielt sie in der linken Hand.

„Aber sicher“, sagte Laura und griff in ihre Tasche. „Wozu?“

„Ich schaffe es nicht mehr, rechtzeitig bei diesen O'Mearas zu sein und deren Schwimmbad sauberzumachen. Ich kann nur noch meinen Bruder fragen, ob er es tun will. Die O'Mearas haben eine Tochter, die Tim gefällt, also wird er anbeißen. Ich kann dann noch ins Einkaufszentrum hinübergehen und dort meine Anzeige am schwarzen Brett anschlagen. Gute Idee, nicht wahr?“

„Ja“, sagte Laura, obwohl sie der Meinung war, Jenny könnte mehr Geld verdienen, wenn sie einen Job, den sie schon hatte, auch ausführen würde, anstatt wieder zu annoncieren. „Ich geh mit dir hinüber und nehme dann von dort den Bus.“

„Prima“, freute sich Jenny, „dann können wir noch ein wenig zusammensein.“

„Schon, aber das bringt dir kein Geld ein“, neckte sie Laura. Jenny zuckte nur mit den Achseln.

Nachdem Jenny telefoniert und ihre Schuhbänder entwirrt hatte, gingen die beiden Mädchen den kurzen Weg zu dem kleinen Einkaufszentrum von Willow Creek.

Die kleine Stadt war nur eine halbe Autostunde von Washington entfernt, wo die meisten Bewohner, so auch Jennys Eltern, arbeiteten und auch einkauften. Deshalb hatte Willow Creek nur ein bescheidenes Einkaufszentrum. Es gab dort einen Supermarkt, einen Geschenkeladen, zwei Apotheken, einen Juwelier, einen Hi-Fi-Markt, ein Sportartikelgeschäft und eine Eisdiele, wo sich die Schüler gerne trafen. Schließlich gab es noch drei Schuhgeschäfte. Diese Einkaufspassage lag nicht weit vom Stall und nur ein paar Gehminuten von Jennys Haus entfernt. Auch Lauras Bus hielt hier. So verbummelten die Freundinnen nach den Reitstunden so manche Stunde dort.

„Ich kann es einfach nicht fassen, was dieses neue Mädchen sich da erlaubt hat“, sagte Jenny auf dem Weg ins Einkaufszentrum.

„Und was du gemacht hast, darüber redest du nicht?“ wandte Laura ein.

„Das war doch nur ein Spaß“, verteidigte sich Jenny.

„Ein Spaß für dich, aber bestimmt nicht für Julia."

„Schon, aber daß man einer Neuen einen Streich spielt, ist doch auf Pine Hollow immer schon Brauch."

„Ja, aber ein Brauch, auf den wir meiner Meinung nach verzichten könnten", unterbrach sie Laura. „Abgesehen davon, hast du gehört was passiert ist, als Max sie vorreiten ließ?"

„Nein, was? Ist vielleicht ihre Modellkleidung beschmutzt worden?"

„Nein, aber das hätte leicht sein können – oder noch viel schlimmer. Sie saß auf Patch, und jemand schlug die Hallentür zu, ja, und..."

Jenny wußte genau, was unter diesen Umständen eintreten mußte: „O nein! Patch ist durchgegangen! Welcher Idiot macht denn so etwas? Hat sie sich denn nicht weh getan?"

„Nein, das war ja die Überraschung. Sie ist oben geblieben."

„Aha, deshalb hat sie Max in unsere Abteilung aufgenommen", kombinierte Jenny.

Fast hätte sie ihren Steigbügelstreich bereut, aber dann erinnerte sie sich wieder an ihre verknoteten Turnschuhe. Doch jetzt hatten sie das Einkaufszentrum erreicht, und schnell waren Julia und die Turnschuhe vergessen. Laura ging mit Jenny zum Supermarkt und wartete, bis diese ihre Anzeige geschrieben und an das schwarze Brett geheftet hatte. Sie würde „Arbeiten jeder

Art prompt und zuverlässig erledigen" war darauf zu lesen.

„Jetzt gehen wir noch in die Eisdiele", erklärte Jenny.

„Laß mich noch schnell in den Hi-Fi-Laden schauen. Vielleicht finde ich für Dad eine Kassette mit Schlagern aus den sechziger Jahren. Weißt du, damals führte er Mom zum Tanzen aus. Er hat mir nämlich kürzlich gestanden, daß er als High-School-Schüler ganz ernsthaft daran gedacht hat, Rockstar zu werden. Er hat mir sogar vorgesungen. Es war bestimmt besser, daß er zur Marineinfanterie gegangen ist!"

Kichernd gingen die Mädchen in die Musikabteilung. Laura suchte lange nach einer Kassette mit den Schlagern, die ihr Vater gesungen hatte. Inzwischen studierte Jenny an der Verkaufstheke Werbebroschüren für die neuesten Fernsehgeräte und Stereoanlagen.

Eine dieser Firmen veranstaltete ein Preisausschreiben, und Jenny füllte zum Spaß eine Teilnahmekarte aus. Der erste Preis war eine Reise zu zweit nach Hawaii. Das wäre genau das richtige für mich, dachte Jenny. Und schon versank sie in die Vorstellung, wie sie bei Sonnenuntergang auf einem Pferd ohne Sattel am Strand von Hawaii entlangritt. Sie hatte exotische Blumen im Haar und neben ihr ritt ein gutaussehender Junge...

Während sie Name und Adresse auf die Teilnahmekarte schrieb, hatte sie auch noch einen Blütenkranz um den Hals und konnte buchstäblich den zarten Duft der tropischen Blüten einsaugen.

„Ich nehme diese hier", sagte Laura und reichte dem Kassierer eine Kassette. Das brachte Jenny wieder zurück nach Willow Creek. Ernüchert warf sie die Karte in den Schlitz der Pappschachtel neben der Kasse und wartete dann an der Tür auf Laura. Jetzt würde ein in Schokolade getauchtes Vanilleeis schmecken – nachdem sie auf Hawaii noch eine Weile würde warten müssen.

Laura nahm die Kassette, steckte das Wechselgeld in ihre Tasche und folgte Jenny in die Eisdiele. Jenny bezahlte ihr Eis und sicherte ihnen in dem kleinen Garten, der hinter der Eisdiele lag, einen Tisch. Laura mußte auf ihr Eis etwas warten. Als sie es bekam und bezahlte, fiel ihr das Kleingeld auf den Boden. Beim Aufsammeln wäre ihr beinahe auch noch das Eis heruntergefallen – wenn Jenny ihr nicht zu Hilfe gekommen wäre.

„Manchmal frage ich mich, wie du ohne mich über die Runden kämst", lachte sie.

„Das frage ich mich auch", bekannte Laura kopfschüttelnd.

„Wie sollte ich da erst einen Reitausflug ohne dich bewältigen! Sag mir deshalb endlich, wie du das nötige Geld verdienen willst!"

Jenny legte los. Sie zählte unzählige Tätigkeiten auf, für die sie sich beworben hatte. Dabei vergaß sie ganz, daß sie sich für das Schneiden von Hecken oder das Reinigen von Schwimmbädern gar nicht eignete. Laura kannte ihre Freundin sehr gut; sie hatte nicht sehr viel Ausdauer, besonders wenn ihr etwas nicht lag. Und 50 Dollar waren bestimmt nicht schnell verdient.

„Jenny!“ bremste Laura ihren Redeschwall. „Hast du dir wirklich überlegt, was du dir da vorgenommen hast?“

„Natürlich“, erwiderte Jenny im Brustton der Überzeugung. „Ich bin eine andere geworden, Laura.“

„Ich will keine ‚andere‘ Jenny. Ich mag die alte, so wie sie ist. Du müßtest nur die alte Jenny dazu bringen, das Mathereferat zu machen.“

„Hast du eine Ahnung! Ich kann ja Fische zählen, aber was glaubst du, welche Note ich dafür bestenfalls bekomme?“ entgegnete Jenny. Laura verstand inzwischen gar nichts mehr. Sie sah ihre Freundin fragend an. „Im besten Fall bekomme ich im Zeugnis eine Drei. Ich brauche aber mindestens eine Zwei, besser noch eine Eins, um meine schlechten Noten ausgleichen zu können. Also muß ich Geld verdienen.“

„Aber was ist, wenn du bis zum Ausritt nicht genug verdienen kannst?“ fragte Laura. „Dann kannst du dir drei herrliche Tage zu Pferd aus dem Kopf schlagen.“

„Du traust mir nicht zu, daß ich es schaffe.“ Jenny war ernsthaft gekränkt.

„Das nicht“, beschwichtigte sie Laura. „Aber...“

Laura wagte nicht mehr, ihre Bedenken zu äußern. Aber schaffte es Jenny nicht mit der Arbeit, würde auch keine Zeit mehr für das Mathereferat bleiben. Und ohne Mathearbeit und ohne Geld – kein Ausritt.

Seit Monaten war dieser Ausflug für Laura und Jenny ständiges Gesprächsthema. Er war einfach der Höhepunkt des Reiterjahres. Und nun drohte alles zu platzen, und Laura konnte bei Jenny nichts bewirken, was sie dem Ziel näher brächte. Laura biß in ihr Eis, aber es schmeckte ihr heute nicht. Jenny dagegen plagten keine Zweifel. Im Gegenteil, ständig fielen ihr neue Arbeiten ein, die sie für Geld ausführen würde: „... Hunde spazierenführen, Blumen gießen, Zeitungen austragen, tapezieren, Wände streichen..."

Tapezieren und malern? Laura seufzte. Damit würde Jenny auch in den nächsten zehn Jahren noch keinen Dreitageritt finanzieren können!

# 5

Mit recht gemischten Gefühlen musterte Julia Pepper, das Pferd, das ihr Max für die zweite Reitstunde zugeteilt hatte. Sie hielt Zügel und Reithalfter in der rechten Hand, wußte aber nicht, wie sie damit das Pferd aufzäumen sollte. Während sie sich bemühte, die einzelnen Teile zu entwirren, verstrickten sich Riemen und Zügel erst recht hoffnungslos ineinander.

„Hallo, Julia", grüßte Veronica sie im Vorübergehen. Vielleicht konnte ihr dieses Mädchen weiterhelfen.

„Ich fürchte, ich komme mit dem Zaumzeug noch nicht zurecht", begann Julia, „obwohl es mir Laura am Samstag erklärt hat. Es ist verdammt kompliziert! Vielleicht könntest du mir helfen?"

„Aber sicher", antwortete Veronica verbindlich. Doch sie kam nicht zu ihr in die Box, sondern schrie laut durch die Stallgasse: „Hallo, Red! Die Neue kommt nicht zurecht! Kannst du ihr Pepper auftrensen?"

Ein etwa zwanzigjähriger Mann trat aus einer der vorderen Boxen. Er hatte eine Mistgabel in der Hand und war gerade dabei, frisch einzustreuen. Er sah Veronica an, gab ihr aber keine Antwort. Dann nickte er, stellte die Mistgabel ab und kam die Stallgasse herunter. Veronica war schon in Cobalts Box verschwunden.

Julia sah aufmerksam zu, wie der Bursche, der sich als Red O'Malley vorgestellt hatte, das Pferd auftrenste und sattelte. Wieder sah alles ganz einfach aus.

„Wenn ich es alleine tun müßte, wäre die Stunde um und ich hätte es noch nicht geschafft", sagte Julia mit Galgenhumor. Red sah sie an.

„Möchtest du es lernen?" fragte er beinahe überrascht.

„Ja, natürlich", antwortete sie, „deshalb bin ich doch wohl hierhergekommen."

„Stimmt", sagte er und fing an, ihr die einzelnen Teile des Kopfgeschirrs und des Sattels zu erklären. Dabei zeigte er ihr auch, wie man den Sattel auflegt und festgurtet. Auch das hatte sie bereits gehört und demonstriert bekommen, aber man würde es ihr wohl noch einige Male zeigen müssen.

„Vielen Dank", sagte sie, als der junge Mann ihr auch noch half, Pepper in die Bahn zu führen.

Er wünschte ihr noch „Viel Glück" und ging zurück in den Stall.

Julia vergaß nicht, mit der Hand über das Hufeisen an der Wand zu streichen. Dann saß sie auf.

„Gut gemacht diesmal", lobte Max und reichte ihr eine kurze Reitpeitsche.

Das Kompliment von Max brachte Julias Augen zum Leuchten. Aber sie schlug sie schnell nieder, damit niemand es merkte. Während die anderen Mädchen ihre Pferde sattelten und nach und nach aufstiegen, ging sie mit Pepper ein paar Runden im Schritt.

Auf Pepper zu reiten war ihr zunächst etwas unheimlich, aber gleichzeitig war es auch schön. Im Schritt fühlte sie sich auf ihm sehr sicher. Er hatte einen fleißigen Schritt und war gut zu sitzen. Julia hatte inzwischen gelernt, wie man ein Pferd nach links oder rechts dirigiert: Man nahm entweder den linken oder den rechten Zügel etwas an und brachte den Pferdekopf damit in die gewünschte Richtung. Es erstaunte sie immer wieder, daß ein Pferd mit soviel Erfahrung ihr gehorchte, denn gewiß waren ihre Hilfen noch sehr unsicher. Wenn sie sich fest in den Sattel setzte und den Rücken anspannte, blieb es stehen. Preßte sie die Beine leicht zusammen, trat es wieder an. Pepper gehorchte ihr. Es war wunderbar. Julia strahlte.

Laura führte Delilah in die Halle.

„Ich habe einen Job!" rief ihr Jenny aufgeregt zu. Jenny war schon in der Bahn und bewegte Comanche.

Laura atmete auf. Wenn Jenny einen Job hatte, bestand immerhin die Hoffnung, daß sie das Geld für den Ausritt noch verdienen konnte.

„Was für einen Job?" fragte Laura und schob den linken Fuß in den Steigbügel.

„Einer unserer Nachbarn hat eine verstopfte Dachrinne. Ich soll sie ausräumen."

Jenny reinigt Dachrinnen!? Laura schwang das rechte Bein über den Sattel und ließ sich leicht in Delilahs Sattel gleiten. Sie prüfte die Länge der Steigbügel, sah, daß sie stimmte, tippte mit den Beinen an Delilahs Seiten, und das Pferd setzte sich in Bewegung. Laura wurde getragen. War es das, was sie so liebte? Nicht nur das. Wenn sie auf einem Pferd saß, konnte sie es dirigieren, wohin sie wollte. Das gelang ihr weder bei Jenny noch bei ihrem Vater. Sie war auch machtlos gegen die Krankheit ihrer Mutter gewesen. Aber Delilah fügte sich ihrem Willen. Während sie ritt, verflogen ihre Sorgen und auch so komische Vorstellungen wie ihre Freundin Jenny beim Ausräumen einer verstopften Dachrinne. Wußte Jenny denn überhaupt, wo sich an einem Haus die Dachrinne befand?

Die Stunde begann.

„Okay, paarweise einstufen!" rief Max und kündigte damit den Schluß der Stunde an. Julia hatte sich so sehr auf ihre Reiterei konzentriert, daß sie ziemlich geschafft, aber glücklich war.

„Ach, wie schön," sagte Veronica freudig, „du bist meine Partnerin!" Sie trieb ihr Pferd neben Pepper, und die Pferde trabten nebeneinander. Julia hatte Mühe, ihr Pferd im Trab zu halten. Es wollte im Schritt gehen.

„Schau mir zu", sagte Veronica, „ich tippe Cobalt hinter meinem Bein mit der Gerte an. Dann bleibt er im Trab."

Julia widerstrebte es, Pepper die Peitsche zu geben, aber Max hatte ihr versichert, daß sie dem Pferd damit nicht weh tat. Die Gerte, so hatte er ihr erklärt, sollte nur die Verstärkung einer Hilfe darstellen. Julia tippte also Pepper mit der Gerte an, und er trabte im gleichen Tempo wie Cobalt.

Veronica beugte ein wenig vor und sagte zu Julia: „Ziemlich langweilig die Stunde heute."

Julia hatte die Stunde anstrengend, verwirrend, schwierig gefunden und hatte auch gegen ihre Angst gekämpft! War das langweilig gewesen? Gewiß nicht. Julia fühlte sich einsam. Wenn sie eine Freundin unter den Mädchen hätte, wäre alles leichter. Laura gefiel ihr, aber dann müßte sie auch mit Jenny Freundschaft schließen. Und es war unwahrscheinlich, daß Jenny sie mochte. Es sah fast so aus, als käme nur Veronica auf sie zu. Und eben dieses Mädchen hatte ihr auch ihre Mutter schon ans Herz gelegt. Warum also sollte sie die Freundschaft nicht annehmen? Gerade wollte sie etwas zu Veronica sagen, da kam schon die Rüge von Max:

„Ihr Mädchen könnt euch bei eurer Limonade unterhalten! Julia, vielleicht weißt du es noch nicht, aber bei uns gilt die Regel: Keine Unterhaltung während der Stunde!"

Julia errötete.

„Ich habe gesprochen, Max", bekannte Veronica.

Die Lippen von Max wurden schmal, aber er schwieg. Er gab der Abteilung lediglich das letzte Kommando dieser Stunde: „Und zum Schluß reiten wir noch eine Acht. Laura, du und Polly, ihr führt die Abteilung an und wechselt durch die ganze Bahn."

Nach der Stunde wollte Julia nichts anderes als Pepper absatteln und nach Hause gehen. Sie hatte keine Lust mehr, Limonade zu trinken und sich mit irgend jemand in der Sattelkammer zu unterhalten. Sie hoffte, ihre Mutter würde bereits draußen warten. Dann könnte sie sofort fahren und sich zu ihren Hausaufgaben flüchten.

„Hier, deine Limonade, Julia", sagte Veronica und reichte ihr die Dose. „Zwar hat Meg heute die Limonaden-Peitsche gezogen, aber ich dachte, du möchtest sie vielleicht gleich. Du siehst ziemlich durstig aus."

„Vielen Dank", sagte Julia und nahm gleich einen Schluck. Er schmeckte und tat ihr gut.

„Und vielen Dank auch, daß du bei Max die Schuld auf dich genommen hast. Aber warum hat er dich dann nicht zurechtgewiesen?"

„Das würde ich ihm nicht raten. Es bekäme ihm auf die Dauer nicht gut", sagte Veronica bedeutungsvoll. „Hör zu, möchtest du am Samstag nach der Reitstunde zu mir kommen? Zum Abendessen? Wir lassen uns eine Pizza kommen – mit allem. Ich bespreche das mit meiner Mutter."

„Ja, gerne", antwortete Julia spontan. Immerhin, sie hatte jetzt eine Freundin – und sogar eine, die ihrer Mutter gefiel. Sie hätte sich selbst allerdings eine andere gewünscht. Ob ihre Mutter von Veronica zwar noch so begeistert wäre, wenn sie gehört hätte, wie sie über Max sprach und wie sie den Stallburschen herumkommandierte? Aber vielleicht war eine solche Freundin immer noch besser als gar keine?

Laura sattelte Delilah in aller Ruhe ab. Sie hatte gehofft, noch ein wenig mit Jenny plaudern zu können, aber ihre Freundin war sofort davongehetzt, kurz nachdem sie ihr Pferd abgesattelt hatte. Nicht einmal ihre Limonade hatte sie ausgetrunken. Laura mußte auf ihren Vater warten, der frühestens in einer halben Stunde hiersein konnte. In der Zwischenzeit würde sie Delilah, die neben Pepper stand, putzen.

Laura wollte eigentlich die Unterhaltung zwischen Julia und Veronica gar nicht belauschen, aber die Boxen waren nur durch eine dünne Bretterwand getrennt, und oben waren sie ganz offen.

Für Laura war Veronica das eingebildetste Mädchen, das sie kannte. Sie hatte keine echten Freunde, sondern scharte nur Bewunderer um sich. Nun wollte sie Julia wohl auch noch in ihre Sammlung aufnehmen. Das war nicht gut, denn Laura mochte Julia. Schade, dachte

Laura, wäre sie nicht mit den Pferden so beschäftigt gewesen und wäre Jenny nicht so eilig davongerannt, hätten sie Julia vielleicht in die Eisdiele eingeladen. Aber dazu war es jetzt zu spät.

Laura nahm den Striegel und begann Delilah von Kopf bis Fuß mit kräftigen Strichen zu bürsten. Das letzte, was sie herüberhörte, war Veronicas süße Schmeichelstimme:

„Sag deiner Mutter, du bist am Samstag bei mir eingeladen und wirst, sagen wir, gegen zehn Uhr zurück sein."

Das bedeutete, daß Julia mit Veronica fast sieben Stunden beisammen sein würde! Zum Glück blieb ihr das erspart! Niemals könnte sie es so viele Stunden mit Veronica aushalten – niemals!

# 6

Nach der Reitstunde am Samstag fühlte sich Julia gut. Max hatte viel mit ihr gearbeitet. Zuerst hatte sie gedacht, er wäre böse auf sie, bald aber hatte sie gemerkt, daß er ihr helfen wollte. Sie hatte sich bemüht, seine Anweisungen zu befolgen, und es hatte funktioniert.

Sie übten den leichten Trab. Julia mußte sich dabei aus dem Sattel heben und sich wieder setzen. Schwierig war für sie noch, in den Rhythmus der Pferdebeine hineinzufinden, das heißt auf dem richtigen Fuß zu traben. Sie mußte sich dafür einprägen: Tritt das äußere Vorderbein vor, steht der Reiter auf, tritt es zurück, setzt er sich in den Sattel. Dabei durfte sie nicht die Balance verlieren. Aber Max hatte Geduld, und sie lernte. Sogar Patch, den sie heute wieder ritt, war nachsichtig mit ihr.

„Er ist heute viel besser aufgelegt als an meinem ersten Tag“, sagte sie zu Max.

„Wie kommst du darauf?“ fragte er.

„Weil er sich leichter reiten läßt.“

„Kann sein“, antwortete Max nur. „Okay, aufstehen, hinsetzen, aufstehen, hinsetzen.“

Julia gab ihr Bestes, und gegen Ende der Stunde glaubte sie, es begriffen zu haben.

„So, und anstatt aufzustehen, als hättest du einen Stock im Kreuz, werde doch geschmeidig in den Hüften! Also noch mal: auf, nieder, ja! Sehr gut, Julia. Gut gemacht!"

Julia konnte es nicht fassen. Ein Lob von Max! Die Stunde hatte ihr zum ersten Mal wirklich Spaß gemacht. Und obwohl sie sich noch dagegen sträubte, Reiten gefiel ihr. Was ihr in dieser Stunde aber noch gefiel, war, daß Max laufend Jenny ermahnte, ihren Kopf doch nicht sonstwo, sondern bei ihrer Reiterei zu haben. Julia hatte Jenny den üblen Streich, den sie ihr in der ersten Reitstunde gespielt hatte, noch nicht vergeben. Sie hatten seither auch noch kein Wort miteinander gesprochen.

Julia machte nicht nur Fortschritte im Reiten, sie hatte auch schon Freundschaft geschlossen. Gleich nach dieser Reitstunde war sie bei Veronica eingeladen. Ihre Mutter war zwar entsetzt gewesen, daß sie erst so spät nach Hause kommen würde, aber als Julia sie daran erinnerte, daß sie im Haus der diAngelos zu Gast sein würde, hatte Mrs. Atwood zugestimmt.

Doch gleich nach der Reitstunde sollte Julia ihre neue Freundin richtig kennenlernen. Während sie noch ihr Pferd versorgte, erschien Veronica.

„Du bist noch nicht fertig? Ich möchte meine Mutter nicht warten lassen", sagte sie.

Julia beeilte sich so gut es ging, denn sie wollte Mrs. diAngelo bestimmt nicht warten lassen. Aber weil sie sich so beeilte, brachte sie wieder einmal alles durcheinander.

„Ich habe noch nicht einmal das Reithalfter unten, weil ich nicht mehr weiß, welche Riemen ich öffnen muß. Und den Sattelgurt bringe ich leider auch nicht auf", stöhnte Julia.

„Komm her, ich helf dir!" seufzte Veronica. Sie hatte das Pferd rasch abgezäumt und auch den Sattelgurt gelockert, aber sie machte kein Hehl daraus, daß sie nicht sehr gern für andere arbeitete, auch nicht für eine neue Freundin. In der Sattelkammer, wo sie dann Sattel und Reithalfter aufräumten, sprach Polly Giacomin Veronica an. Sie schien gar nicht zu bemerken, daß Julia neben Veronica stand.

„Hallo, Veronica", sagte sie, „ich habe diese Woche Geburtstag und darf eine Party geben. Sogar ein Zauberer wird auftreten. Ich würde dich gern einladen!"

Julia fand es unhöflich, daß Polly Veronica zur Party einlud und sie unbeachtet ließ, auch wenn sie keine Freundinnen waren. Wozu gab es ein Telefon? Aber bevor sie länger darüber nachdenken konnte, hob Veronica eine Augenbraue und sah Polly überrascht an.

„Ich habe keine Zeit", antwortete sie.

„Wir feiern am Freitag nachmittag", sagte Polly und merkte zu spät, daß Veronica für sie, Polly, grundsätzlich keine Zeit hatte, egal wann Polly die Party ansetzte. Polly sah zu Boden; sie wurde rot und sehr verlegen. Dann drehte sie sich um und ging hinaus.

„Was die sich einbildet", sagte Veronica zu Julia. „Polly Giacomin meint, ich komme zu ihrer Party. Und ein Zauberer!" Sie lachte höhnisch. „Vielleicht erwartet sie auch noch, daß ihre Gäste Papierhüte tragen! Sind wir denn im Kindergarten?"

Julia sah Veronica fragend an. Sie schwärmte für Zauberer und ihre Kunst und fand die Idee wirklich originell. Sie hätte die Einladung nicht ausgeschlagen. Was konnte Veronica nur dagegen haben? Aber sie spürte, daß es wenig Sinn haben würde, mit Veronica darüber zu reden. Ihrer beginnenden Freundschaft würde das bestimmt schaden. Julia hob den Sattel auf den Halter und hängte das Zaumzeug darunter.

„Fertig, nun braucht deine Mutter nicht mehr länger zu warten", sagte sie.

Veronica spähte durchs Fenster auf den Parkplatz. „Ich glaube, sie ist noch gar nicht da", bemerkte sie.

Julia verkniff es sich, Veronica daran zu erinnern, daß sie noch vor ein paar Minuten gedrängt hatte, weil sie ihre Mutter nicht warten lassen wollte. Julia wollte vermeiden, ähnlich wie Polly Giacomin abgefertigt zu werden.

Mrs. diAngelo erschien 20 Minuten später. Sie fuhr einen Mercedes, dessen Rückbank von zwei großen

Hunden mit sehr schmutzigen Pfoten belegt war. Die feinen Lederpolster wiesen entsprechende Spuren auf. Veronica setzte sich auf den Beifahrersitz und überließ es Julia, sich neben die Hunde zu quetschen. Julia mochte Hunde, aber diese Labradors schienen sie nicht zu mögen, zumindest nicht auf *ihrer* Sitzbank. Während der ganzen Fahrt zu Veronicas Haus mußte Julia deshalb um ihren schmalen Sitzplatz kämpfen. Weder Veronica noch ihre Mutter bemerkten ihre ungemütliche Lage. Sie waren in ein heftiges Streitgespräch verwickelt. Es ging um den Kauf einer neuen Reithose für Veronica.

„Hast du ihre gesehen, Mom?" Veronica deutete nach hinten zu Julia. Mrs. diAngelo betrachtete Julia durch den Rückspiegel. „Eine solche möchte ich – nur in Jägergrün."

„Dieser Schnitt steht dir ganz und gar nicht", erklärte Mrs. diAngelo streng und erläuterte ihrer Tochter genauestens, wieso der Schnitt von Julias Reithose einfach „unmöglich" war.

Julia atmete tief durch und sehnte das Ende der Fahrt herbei. Als sie schließlich vor dem Haus der diAngelos hielten, sprachen Mutter und Tochter nicht mehr miteinander. Aber Julia zweifelte nicht daran, daß Veronica ihren Willen durchsetzen würde.

Niemals würde Julia ihre Mutter derart bearbeiten, wenn sie einen Wunsch hätte, und gewiß würde sich ihre Mutter das auch nicht bieten lassen. Aber noch viel weniger käme es ihr in den Sinn, einen Streit mit ihrer Mutter vor einem Gast auszutragen.

Julia hatte, außer in Filmen, noch nie ein so nobles Haus gesehen wie das der diAngelos. Es war ein altes, großes Haus aus der Kolonialzeit, mit einer Eingangssäulenhalle, die bis in den zweiten Stock reichte. Das Haupthaus war dreistöckig, die beiden Seitenflügel zweistöckig. Das ganze Haus war von einem parkähnlichen Garten umgeben, mit sorgfältig geschnittenen Hecken und Büschen sowie exotischen Bäumen inmitten eines weitflächigen, makellos grünen Rasens. Im Hintergrund des Parks erhoben sich die hügeligen Virginia Hills. Im rückwärtigen Teil des Parks erkannte Julia einen großen Swimmingpool, und etwas am Rand des großen Grundstückes stand noch ein Gästehaus, das größer war als das Haus ihrer Eltern. Julia schluckte und schloß die Augen. Träumte sie? Nein, das Haus war noch da, als sie die Augen wieder aufschlug, und Veronica stand vor ihr und starrte sie an.

„Komm schon, Julia, wir wollen unsere Zeit doch nicht vergeuden!"

Die Hunde stürzten aus dem Wagen und stürmten mit ihren schmutzigen Pfoten direkt in das schöne Haus. Die Mädchen folgten ihnen.

Die nächsten Stunden verlebte Julia wie im Traum. Sie hatte immer in schönen Häusern gewohnt. Aber Veronica lebte in einem Palast und kannte nur Luxus – ein

Luxus, der Julia fremd war. So ließ sie durch ein Dienstmädchen Erfrischungen in ihr Zimmer bringen, der Gärtner mußte ein paar Blätter aus dem Swimmingpool absaugen, bevor sie ihn benutzten, und schließlich mußte der Chauffeur wegfahren und ihnen eine Pizza holen, obwohl Veronicas Mutter gesagt hatte, sie sollten essen, was der Koch schon zubereitet hatte.

Julia schüttelte fassungslos den Kopf. Sie verstand jetzt auch, warum Veronica damals Red O'Malley geholt hatte, damit er ihr half, Pepper zu satteln. Genauso macht sie es mit mir, kam es Julia plötzlich in den Sinn. Sie hat mich noch kein einziges Mal gefragt, was ich, ihr Gast, gerne tun möchte. Veronica bestimmte das Programm. Noch störte es Julia nicht sonderlich, denn alles hier war aufregend neu für sie. Doch nach der Pizza hatte Veronica eine Idee, die Julia nicht mehr gefiel.

„Mom hielt heute vor der Reitstunde am Einkaufszentrum, weil sie in die Apotheke mußte. Ich war in der Zwischenzeit im Video-Laden und habe mir einen Horrorfilm ausgeliehen, den Mom mir verboten hat. Den schauen wir uns jetzt an."

Und schon schob Veronica die Kassette in den Videorecorder, der an ihrem Fernsehapparat angeschlossen war.

Julia sah auf Veronicas Radiowecker und stellte fest, daß es schon halb neun war. Wenn sie den Film anschauten, konnte sie unmöglich bis zehn Uhr zu Hause sein.

Davon abgesehen wollte sie keinen Horrorfilm sehen, egal ob Mrs. diAngelo es erlaubte oder nicht.

„Für mich wird es aber langsam Zeit, nach Hause zu gehen“, wandte Julia ein.

„Nach Hause!“ empörte sich Veronica und betrachtete Julias Einwand als persönliche Beleidigung.

„Nun, es ist schon ziemlich spät, und ich möchte nicht, daß Mom noch nach zehn hierherfahren muß. Sie mag es nicht, wenn ich die vereinbarte Zeit nicht einhalte.“

„Lächerlich!“ sagte Veronica. „Deine Mutter muß dich doch nicht abholen! Unser Chauffeur bringt dich nach Hause. Das ist doch kein Problem.“

Abgesehen davon, daß Julia gar nicht darauf erpicht war, von einem Chauffeur nach Hause gebracht zu werden, wäre das Problem damit nicht gelöst. Sie wußte nämlich, daß ihre Mutter schon lange auf eine Gelegenheit wartete, ins Haus der diAngelos zu kommen und davon soviel wie möglich zu sehen.

Veronica startete mit der Fernbedienung den Videorecorder und legte sich etliche Sofakissen am Boden zurecht, um bequem schauen zu können.

„Ich möchte doch nach Hause gehen“, sagte Julia entschlossen.

Veronica warf ihr einen strafenden Blick zu. Julia versuchte zu erklären: „Ich habe vielleicht zuviel von der Pizza gegessen, weißt du, oder es war die Salami, jedenfalls ist mir nicht gut im Magen...“

„Okay, ich sag dem Chauffeur, er soll dich nach Hause bringen", erklärte Veronica und griff zum Haustelefon.

Laura trug in einer Hand eine große Schüssel mit frischem gebuttertem und gesalzenem Popcorn ins Wohnzimmer. In der anderen Hand balancierte sie zwei Gläser Limonade und zwei Servietten.

„Essen fassen", sagte sie streng.

Ihr Vater, der sich auf dem Sofa ausgestreckt hatte, sprang auf.

„Was für ein köstlicher Geruch", schwärmte er und nahm ihr die Limonaden ab.

„Es ist Viertel vor neun, und ich weiß doch, daß du um neun ‚Casablanca' anschauen willst. Und was ist der schönste Film ohne frisches Popcorn? Schließlich hast du Abendessen gemacht, da war ich jetzt an der Reihe."

„Und in der ersten Reihe ist gerade noch ein Platz frei", erklärte Oberst Hanson und schob einen Lehnstuhl neben das Sofa, auf dem er sich wieder niederließ. Laura schob ein Tischchen dazwischen und stellte die Schüssel darauf. Gerade hatte sie es sich im Sessel bequem gemacht, da klingelte das Telefon.

„Ich geh schon, Kleines", sagte ihr Vater. „Ich will ohnehin noch Salz holen."

„Okay", nickte Laura und kostete das Popcorn. Ihr war es salzig genug.

Laura wußte nicht, wer am Telefon war, aber ihr Vater

plauderte so vergnügt, daß es nur Jenny sein konnte. Schon bei ihrem ersten Zusammentreffen hatten sie ihre gemeinsame Leidenschaft für alte Witze entdeckt. Seither erzählten sie sich bei jeder Gelegenheit einen nach dem anderen.

Laura hörte ihren Vater auflachen: „Sehr gut, den hatte ich doch tatsächlich vergessen gehabt."

Laura stand auf und ging zum Telefon. „Komm schon, Dad, laß mich mit Jenny sprechen."

„Meine Tochter tyrannisiert mich schon wieder, Jenny", scherzte er, „aber das nächste Mal erzähle ich dir vom Gorilla auf dem Golfplatz", und er drückte Laura den Hörer in die Hand.

„Hallo", sagte Laura, „was gibt's?"

„Nichts weiter, ich bin nur fix und fertig", erklärte Jenny mit der größten Selbstverständlichkeit. „Ich habe nämlich den ganzen Nachmittag damit verbracht, unsere gesamte Nachbarschaft abzuklappern und Flugblätter mit meiner Adresse zu verteilen. Dabei konnte ich alle Nachbarn gleich fragen, ob sie einen Job für mich hätten – keiner hatte einen. Dafür luden mich alle ein, ihre Kuchen zu probieren. Also Mrs. Crockers Gebäck ist ungenießbar. Alles aus Vollkorn und Vollwert – scheußlich."

Laura lachte. Jenny erzählte ihr noch, welche Hunde sie verbellt hatten und welche Leute unfreundlich zu ihr gewesen waren. Dann schilderte sie ihr ein Haus, in dem es so seltsam roch und sie dann feststellte, daß dort frisch tapeziert worden war.

Dies und noch mehr berichtete Jenny. Nur was Laura hören wollte, konnte Jenny nicht berichten, nämlich daß sie einen guten Job bekommen hätte.

„Also alles umsonst?" fragte Laura.

„Die Leute werden mich irgendwann einmal anrufen", beruhigte sie Jenny.

„Aber wird ‚irgendwann' noch rechtzeitig für den Dreitageritt sein?" wagte Laura zu fragen.

„Natürlich", entgegnete Jenny entrüstet.

„Woher weißt du das so genau?" entgegnete Laura. Weil sie aber Jennys aufbrausendes Temperament kannte, fügte sie schnell besänftigend hinzu: „Ich werde langsam unruhig, verstehst du? Der Ausritt ist schon in zwei Wochen. Und wenn du das viele Geld nur durch schwere körperliche Arbeiten wie Dachrinnen- und Schwimmbeckenreinigen verdienen kannst, wird dir das zuviel."

„Keine Angst", beruhigte sie Jenny, „diese beiden Jobs habe ich an meine Brüder weitergegeben."

„Aber Jenny..."

„Mach dir keine Sorgen, Laura", sagte Jenny mit so viel Überzeugungskraft, daß Laura versucht war, ihr zu glauben. Vielleicht hatte sie doch noch etwas in der Hinterhand.

„Weißt du", gestand Laura, „wenn du den Ausritt

nicht mitmachen könntest, hätte ich auch keine Freude mehr daran. Oder kannst du dir vorstellen, daß ich mit Veronica oder gar mit dem neuen Mädchen in einem Zelt schlafen möchte? Veronica müßte ich dann drei Tage hindurch klarmachen, daß sie sich endlich einmal selbst um ihr Pferd kümmern muß."

„... und trotzdem würdest du Cobalt versorgen."

„Natürlich, sie hat ja nicht die geringste Ahnung, wie man mit diesem wunderschönen Pferd umgeht. Cobalt hätte es in der freien Wildbahn wirklich besser als bei Veronica."

„Dann überrede sie doch, ihn laufen zu lassen. Du fängst ihn dann wieder ein – und vielleicht darfst du ihn dann behalten", schlug Jenny vor.

„Das einzig Vernünftige, was du heute von dir gegeben hast, aber leider ein Wunschtraum", scherzte Laura.

„Danke, Kumpel. Ich muß jetzt die Telefonleitung freihalten; meine künftigen Kunden könnten mich nämlich noch mit Aufträgen überschwemmen. Schau du dir mit deinem Vater den Film an!"

Laura legte auf und ging wieder ins Wohnzimmer. Und in diesem Moment begann auch der Film.

# 7

„Bist du der Junge, der einen Job sucht?“ erkundigte sich eine Stimme am Telefon. Kaum hatte Jenny ihr Gespräch mit Laura beendet, erreichte sie dieser Anruf.

„Ja“, antwortete Jenny, die einem neuen Kunden nicht widersprechen wollte.

„Unter meiner Hecke müßte das Laub herausgerecht werden. Könntest du das übernehmen?“

Diese Art Gartenarbeit war schweißtreibend und nicht gerade angenehm. Jenny hatte sich im Herbst, wenn es kühl war, davor gedrückt, Blätter zusammenzurechen.

„Ich bezahle 2,50 Dollar für die Stunde“, ergänzte die Dame.

„Gerne“, sagte Jenny eifrig.

„Dann Montag um vier Uhr?“

„Ja, ich komme“, versprach Jenny, notierte Name und Adresse und legte auf.

Unter Hecken herauszurechen war nicht nur mühsam, sondern eindeutig eine Arbeit für kleine Leute, die sich leicht bücken konnten, also für ihren Bruder, der ohnehin auf ein größeres Aquarium für seine Fische sparte.

„Michael!“ rief sie in den nächsten Stock hinauf. Ihr neunjähriger Bruder erschien am Treppengeländer.

„Ja?“ fragte er mißtrauisch.

„Du willst doch Geld verdienen?“

Michael grinste und nickte. Schon wieder läutete das Telefon.

„Bin ich mit Jenny Lake verbunden?“ fragte ein Mann. „Ich brauche jemanden, der mir hilft, meinen Dachboden zu entrümpeln“, sagte er. Das war doch *der* Job für ihren Zwillingsbruder Alex!

Jenny sagte zu, machte den Zeitpunkt aus, notierte die Adresse und informierte ihren Bruder. Kaum war das erledigt, klingelte das Telefon schon wieder. Sie konnte es kaum fassen. So hatte sich ihr Rundgang durch die Nachbarschaft doch gelohnt! Den Leuten fiel jetzt nach und nach ein, daß sie eine Menge Arbeit hatten. Jenny war begeistert.

Auch während des Sonntags läutete das Telefon ohne Unterlaß. Eine Frau suchte jemanden, der für ihren sechsjährigen Sohn Würmer ausgraben konnte. Der Junge wollte nämlich unbedingt fischen gehen und hatte keine Köder. Eine andere Anruferin wollte ihr Gemüsebeet umgegraben haben, damit sie es neu anpflanzen konnte. Die Zieglers suchten für Mittwoch nachmittag einen Babysitter für ihre Zwillinge. Alle, so schien es, hatten plötzlich dringend etwas zu tun, was sie alleine nicht schafften. Jenny hatte dafür volles Verständnis.

Schließlich schaffte sie es auch nicht, ihre Mathearbeit in Angriff zu nehmen.

Nachdem Jenny fast den ganzen Tag am Telefon Aufträge entgegengenommen hatte, fiel sie am Sonntag abend erschöpft in ihr Bett. Im Traum sah sie sich auf Comanche sitzen und stolz den Bergpfad entlangreiten. Nur sie, Laura und Max waren dabei. Die anderen hatten in der Stadt bleiben müssen. Sie standen nämlich alle bei ihr unter Vertrag und erledigten Aufträge. Jenny lächelte zufrieden im Schlaf.

Montags fanden eigentlich auf Pine Hollow keine Reitstunden statt. Laura aber hatte noch am Sonntag Veronica angerufen und sie daran erinnert, daß sie ihr versprochen hatte, sie dürfe nach der Schule Cobalt reiten. Veronica hatte das natürlich vergessen. Das hatte Laura nicht überrascht. Schlimm war nur, daß Veronica wieder einmal Cobalt vergessen hatte. Jedenfalls war sie gerne damit einverstanden, daß Laura ihn bewegte. Lauras Schulbus hielt am Einkaufszentrum. Dort stieg sie aus und ging zu Fuß nach Pine Hollow. Gegen halb vier war sie im Stall.

Auf dem Sandplatz war niemand; sie konnte also mit dem schönen Pferd draußen auf dem großen Übungsgelände reiten. Lächelnd betrat sie Cobalts Box. Er beschnupperte zärtlich ihre Schulter, als sie den Arm um seinen seidig glänzenden schwarzen Hals legte.

„Armer Junge", flüsterte sie ihm ins Ohr, „du bist einfach zu schön. Würdest du nicht so gut aussehen, hätte dich Mr. diAngelo niemals gekauft, und du würdest nicht Veronica gehören. Vielleicht hättest du dann einen Besitzer, der sich wirklich um dich kümmern würde."

Veronica kümmerte sich zwar um ihr Pferd, aber eben nur insoweit, als sie sich mit ihm wichtig machen konnte. Er gehörte zu ihren Untergebenen wie ihre Dienstboten und Freundinnen.

Cobalt war ein Vollbluthengst. Mr. diAngelo hatte viel Geld für ihn bezahlt. Aber Cobalt war trotzdem nicht das passende Pferd für Veronica. Seine Persönlichkeit war mit der Persönlichkeit von Veronica nicht in Einklang zu bringen. Cobalt war selbstbewußt und eigenwillig. Veronica hätte ein Pferd gebraucht, das sich ihr willig unterordnete. Das aber tat Cobalt nicht. Veronica mußte immer mit ihm kämpfen, und es konnte ihr keinen Spaß machen, ihn zu reiten. Aber Laura bedauerte eigentlich nur Cobalt.

In wenigen Minuten hatte Laura Cobalt gesattelt und gezäumt. Sie führte ihn hinaus auf den Sandplatz, wo inzwischen Max mit einem Braunen arbeitete, den er kürzlich als Schulpferd gekauft hatte. Mit einem freundlichen Lächeln begrüßte er Laura und Cobalt.

„Ich sehe es immer gern, wenn du dieses Pferd reitest", sagte er.

„Und ich reite ihn gern“, entgegnete Laura. „Ich gebe die Hoffnung nicht auf, daß er, wenn ich ihn oft reite, eines Tages doch noch Vertrauen zu Menschen entwikkelt.“

Max schüttelte traurig den Kopf. „Er ist ein feiner Kerl und wird es immer bleiben. Daran kann Veronica nichts ändern. Aber als Reitpferd wird er bald unbrauchbar sein. Schau dir den an, auf dem ich sitze: Diablo. Sie nannten ihn so wegen seiner kurzen, spitzen Ohren.“ Laura sah das Pferd an und mußte lachen. Er sah wirklich aus wie ein kleiner Teufel.

„Trotzdem, ein braves Pferd und für Anfänger bestens geeignet. Aber er ist ziemlich hart im Maul.“

Laura wußte, was das bedeutete. Wenn ein Pferd die Zügelhilfen, die über das Trensengebiß auf sein Maul einwirken, nicht annimmt, ist es hart oder tot im Maul. Reagiert es bereits auf eine leichte Parade, ist es weich im Maul.

„Cobalt ist weich im Maul. Wenn ich sehe, wie Veronica am Zügel reißt, weiß ich, wie weh sie ihm tut.“

„Kein Wunder, daß er sich verspannt und niemals ruhig geht, wenn sie ihn reitet“, sagte Laura.

„Bei dir geht er gut“, gestand Max ihr zu.

Laura wußte das und war stolz darauf. Cobalt reagierte auf die leichteste Parade, ja es genügte schon ein leichter Schenkeldruck gegen seine Seiten. Oft schien es Laura, als könne Cobalt ihre Gedanken lesen.

„Zeig einmal, wie schön das Pferd gehen kann", forderte sie Max heraus. „Dabei kann ich Diablo gleich ausprobieren. Ich reite eine Figur, und du versuchst mir zu folgen."

Laura stellte sich gern solchen Herausforderungen. Sie zweifelte nicht daran, daß Cobalt ihnen gerecht werden würde. Die meisten Reitstunden waren auf die Schüler ausgerichtet, die mit dem Wohlwollen und der Mitwirkung ihres Pferdes die Grundbegriffe des Reitens erlernten. Nur wenige Reitschüler hatten den Ehrgeiz und das Talent, dem Pferd Dressurfiguren beizubringen, das heißt vor allem Gehorsam, Versammlung und Aufrichtung. Bei Dressurwettbewerben werden dann Pferd und Reiter gleichermaßen beurteilt.

Max wollte sehen, was Diablo konnte, und gleichzeitig Laura die Gelegenheit geben, Cobalt einmal voll auszureiten. Er war ein englisches Vollblutpferd. Diese Pferde sind sehr schnell, denn sie werden hauptsächlich für Rennen gezüchtet. Aber Laura wußte, daß Cobalt auch sehr willig war, und sie fand es interessant, mit ihm eine Dressuraufgabe zu reiten.

Max ritt eine Acht. Er begann im Linksgalopp auf dem Zirkel und ritt bis zum Mittelpunkt der Bahn, dem Punkt X. Hier wechselte er aus dem ersten Zirkel in den nächsten Zirkel, mußte also in den Rechtsgalopp gehen. Im Linksgalopp sprang Diablos linkes Vorderbein vor, beim

Wechsel in den Rechtsgalopp das rechte. Bei Max ging dies weich, fast unmerklich, vor sich. Er ritt den Zirkel aus, parierte durch zum Schritt und stellte sich auf die Mitte der langen Seite, um für Laura Platz zu machen.

Es bedurfte nur eines fast unsichtbaren Schenkeldrucks von Laura, und Cobalt galoppierte in tadelloser Aufrichtung links an. Am Punkt X vollzog er einen so perfekten Galoppwechsel, als wäre er diese Lektion schon immer mit Laura gegangen.

„Schön, Laura, wirklich schön", sagte Max.

Laura wußte, daß nicht sie, sondern Cobalt das Lob verdiente.

Max arbeitete mit Laura und Cobalt noch über eine Stunde. Nicht ein einziges Mal machte Cobalt Zicken oder war ungehorsam. Er wirkte vollkommen zufrieden und schien seiner Reiterin gerne zu gehorchen.

„Genug für heute", verkündete Max. „Das war gute, harte Arbeit. Ihr habt euch beide eine Erholung verdient und Cobalt noch eine Bürstenmassage dazu!"

Laura saß ab und führte Cobalt noch eine Weile um den Sandplatz, bis er ganz trocken war. Dann brachte sie ihn in seine Box und sattelte und zäumte ihn ab. Dann kam sie mit Striegel und Kardätsche, Mähnenkamm und Hufkratzer wieder zurück.

Es dauert lange, bis ein Pferd von den Ohrenspitzen bis zum Schweifende gestriegelt und gekämmt ist. Laura tat es gern. Sie hängte Cobalt in seiner Box beidseitig an und reinigte als erstes mit dem Hufkratzer seine Hufe. Dann kämmte sie mit dem Mähnenkamm Mähne und Schweif, und schließlich striegelte sie von vorn nach hinten seinen ganzen Körper, zuerst die linke, dann die rechte Seite. So wurden Staub und Schweiß aus dem Fell entfernt. Zum Schluß glättete sie es mit einem feuchten Schwamm, so daß es tiefschwarz glänzte. Schließlich warf sie ihm noch eine leichte Decke über, denn die ersten Frühlingsabende waren noch sehr kühl.

Und natürlich bekam er zum Abschied noch ein Stück Zucker. Grundsätzlich war Laura dagegen, Pferde mit Leckerbissen zu verwöhnen. Das konnte zu der Unart führen, daß ein Pferd dann immerzu bettelt und seine Reiter überall beknabbert. Bei Cobalt bestand diese Gefahr nicht, denn er bekam von Veronica nur sehr selten einen Leckerbissen. So erwartete er nichts, genoß es aber, wenn Laura ihn manchmal mit einem Stück Zucker oder Karotten verwöhnte. Bei ihr benahm er sich stets tadellos. Veronica dagegen klagte oft, wie ungezogen er sein konnte. Laura aber wußte genau, wer von den beiden die schlechteren Manieren hatte.

Sie legte noch einmal den Arm um Cobalts Hals, dann verließ sie Pine Hollow in Richtung Einkaufszentrum.

Wenn ich einmal meinen eigenen Stall haben werde, beschloß sie, werde ich keine Pferde aufnehmen, deren Besitzer sich nicht wirklich um ihre Tiere kümmern – egal wie reich oder prominent diese Leute sein mögen.

# 8

„Ach, hier wohnst du?“ fragte Veronica, als Julias Mutter den Wagen am Samstag nachmittag in die kleine Einfahrt lenkte. In diesem Moment wußte Julia, daß ihr ein schwieriger und langer Nachmittag bevorstand.

Die beiden Mädchen zogen sich in Julias Zimmer zurück. Mrs. Atwood versprach, ihnen gleich Milch und selbstgebackenen Honigkuchen heraufzubringen. Zum Glück sah sie nicht mehr, welche Grimasse Veronica dazu schnitt.

Julia gefiel ihr Zimmer. Sie hatte sich immer wohl darin gefühlt. Es paßte auch zu ihr. Die weißgrundige Tapete war mit rosafarbenen Blümchen bedruckt. Ihr Prunkstück war ein Lehnstuhl, der mit demselben rosa und weiß gemusterten Stoff bezogen war wie ihre Bettdecke. Auf ihrem Kopfkissen saß ihre geliebte Stofftiersammlung. An der gegenüberliegenden Wand neben dem Einbauschrank stand ein Frisiertisch, darüber hing ein großer Spiegel. An der Fensterwand schließlich befand sich ihr Schreibtisch mit einem Bücherbord, das ihre Lieblingsbücher, etliche Spiele und Spielsachen beherbergte. Vor dem Bett lag ein kleiner Teppich auf dem sonst blanken Holzboden, der warm in der Sonne schimmerte. Für Julias Befürfnisse war alles vorhanden. Sie sah natürlich sofort, daß dieses Zimmer Veronicas Ansprüchen nicht genügte: kein Telefon neben dem Bett, kein Sofa, kein Fernseher, kein Videogerät, keine Stereoanlage und kein Haustelefon, um das Personal zu rufen.

Veronica setzte sich sogleich in den Lehnstuhl; Julia legte sich bäuchlings auf ihr Bett, sah Veronica an und sagte entschuldigend: „Ich habe etliche Dinge nicht, die für dich selbstverständlich sind."

„Wo habt ihr deine Reithose gekauft?" fragte Veronica, ohne auf Julias Entschuldigung einzugehen. Offensichtlich war der Kampf zwischen ihr und ihrer Mutter noch nicht ausgefochten.

„Mom und ich haben sie im ‚Hufeisen' gekauft", sagte Julia.

„Oh!" Veronica holte Luft. So wie sie diesen Laut hervorbrachte, war klar, daß sie in exklusiveren Geschäften einkaufte. Und wenngleich sie Julias Reithose bewundert hatte, konnte Veronica diAngelo sie jetzt nicht mehr kaufen. Das „Hufeisen" war nämlich kein exklusives Geschäft. Julia fragte sich, ob Veronica sie überhaupt zur Freundin haben wollte, wenn sie in diesem Geschäft Kundin war. Aber was für ein Mädchen war Veronica überhaupt, wenn sie ihre Freunde danach beurteilte, wo sie ihre Reitkleidung kauften?

In diesem Moment betrat Mrs. Atwood das Zimmer und brachte Milch und Kuchen. Diesmal entging ihr Veronicas Grimasse nicht. Nun war der Nachmittag verdorben.

„Jenny, sitzt du auch wirklich über deinen Hausaufgaben?" rief Mrs. Lake von unten herauf.

Jenny wollte nicht lügen, wollte aber auch nicht nein sagen. Sie mußte aber unbedingt vermeiden, daß ihre Mutter zu ihr ins Zimmer kam und ihr wieder eine Standpauke hielt. Also äußerte sie sich zweideutig: „Was soll man denn sonst an einem Samstagnachmittag tun?" rief sie hinunter. Es wirkte. Ihre Mutter gab sich zufrieden und kam nicht herauf.

Abgesehen davon arbeitete sie an ihrer Hausaufgabe, besser gesagt am „Ersatzprojekt" für die Mathearbeit.

Ihre drei Brüder waren bereits eingespannt, und soeben verteilte sie die Aufträge.

„Tim", sagte sie zu ihrem älteren Bruder. Tim war vierzehn und sehr an Mädchen interessiert. Jenny konnte ihn daher immer für einen Job gewinnen, wenn der Auftraggeber eine nette Tochter hatte.

„In der Granite Street möchte eine Dame heute nachmittag ihren Rasen gemäht haben. Sie heißt Richman, ist also mit großer Wahrscheinlichkeit Janets Mutter."

„Oh, Janet", sagte Tim und verdrehte die Augen. „Ich mähe den Rasen."

„Dachte ich mir doch“, kicherte Jenny. „Alex, willst du einen Hund spazierenführen?“

„Wenn es kein Schoßhündchen ist.“

„Ich kann dir nicht auch noch deine Lieblingsrasse vermitteln“, sagte Jenny schon etwas ärgerlich. Ihr Zwillingsbruder sagte zu.

„Michael, du hast letzte Woche unter der Hecke so gewissenhaft saubergemacht, daß dir die Dame jetzt auch noch ihre Blumenbeete anvertrauen möchte.“

„Schon wieder Gartenarbeit“, stöhnte Michael.

„Aber sie bezahlt doch 2,50 in der Stunde, und davon bleiben dir runde 2 Dollar.“ Jenny wußte, was bei ihrem Bruder den Ausschlag gab – nämlich Geld.

„Okay, wird gemacht“, stimmte Michael zu.

„Worauf wartet ihr dann noch?“ fragte Jenny ihre Brüder. „Geht an eure Arbeit!“

Sie trollten sich aus ihrem Zimmer, aber Jenny nahm das gar nicht mehr wahr. Sie mußte auf ihrem Schreibblock notieren, welche Jobs sie weitergegeben hatte und an wen. Gerade als sie damit fertig war, klingelte schon wieder das Telefon.

„Jenny“, meldete sich eine Mädchenstimme, „hier ist Polly, ich kann am Mittwoch nicht babysitten. Ich habe einen Termin beim Kieferorthopäden.“

„Gut, ich werde Mrs. Ziegler fragen, ob es ihr recht ist, wenn du die Zwillinge zum Zahnarzt mitnimmst“, sagte Jenny nach kurzem Nachdenken.

„Unmöglich!" wehrte Polly ab. „Diese beiden sind schlimmer als ein Sack Flöhe. Sie würden die ganze Praxis auf den Kopf stellen. Du mußt jemand anderen finden."

„Okay", stimmte Jenny zu und legte auf. Sie beschloß, die neue Reitschülerin anzusprechen. Sie wohnte nämlich ganz in der Nähe der Zieglers. Da könnte sie allerdings wissen, wie ungezogen diese Zwillinge waren. Während sie noch überlegte, griff sie schon zum Hörer. Doch bevor sie abheben konnte, läutete das Telefon schon wieder.

„Spreche ich mit Jenny? Möchtest du mir helfen, meinen Keller auszuräumen? Bei dem starken Regen letzte Woche ist Wasser eingedrungen. Jetzt muß alles an der Luft getrocknet werden."

„Du kannst dir gar nicht vorstellen, wie viele Anrufe ich erhalte", erzählte Jenny Laura, als sie spät am Abend noch bei ihr anrief. „Mein Ohr ist schon ganz wund."

„Sag einmal, Jenny, was hast du eigentlich auf dieses Flugblatt geschrieben, das du in der ganzen Nachbarschaft verteilt hast?" wollte Laura wissen. In der Stadt gab es viele Kinder, die einen Job suchten. Warum riefen alle Leute bei Jenny an?

„Nun ja, ich kämpfe eben mit harten Bandagen", sagte Jenny ausweichend. Laura wußte, wenn Jenny auswich, hatte sie etwas zu verbergen.

„Was soll das heißen, ‚mit harten Bandagen kämpfen‘?“

„Was es eben heißt – in der Boxersprache.“

„Rede normal mit mir. Wir sind keine Boxer“, bohrte Laura weiter.

„Also gut, ich werde dir den Text vorlesen“, gab Jenny nach.

„Gut, ich höre“, sagte Laura.

„Okay, dann höre“, seufzte Jenny. „Ich brauche dringend Geld! Ich erledige jede noch so ausgefallene Arbeit für Sie. Nichts ist zu groß, zu klein oder zu schwer für mich. Ich scheue keine Arbeit, wenn sie nur ehrlich ist. Ich brauche sofort Geld, weil ich kein Dach über dem Kopf und nichts zu essen habe! Gezeichnet: eine hungernde Zwölfjährige. Bitte wählen Sie 555–7823 und fragen Sie nach Jenny.“

„Bist du wahnsinnig? Du bist gesetzlich dazu verpflichtet, in einem Inserat die Wahrheit zu sagen!“

„Nun, es ist doch irgendwie wahr. Ich muß das Geld verdienen, um für den Dreitageritt mein Zelt und mein Essen bezahlen zu können. Stimmt doch, oder? Ich habe ja auch schon unzählige Anrufe erhalten. Ah, da fällt mir ein, kannst du am Montag Cobalt putzen?“

„Ja, natürlich, ich putze Cobalt immer und jederzeit, aber...“

„Vielen Dank. Hör zu, Laura, ich muß jetzt weg. Wir sehen uns!“ Jenny legte auf, noch bevor Laura sie fragen konnte, warum sie jemanden für Cobalt suchte. Laura kombinierte, daß Jenny von dem Oberfaulpelz Veronica diAngelo den Auftrag bekommen hatte, Cobalt zu putzen, für den gleichen Termin aber schon etwas anderes angenommen hatte. Gut, wenn Jenny es dadurch gelang, das nötige Geld für den Ausflug zu verdienen, dann half ihr Laura nur zu gern. Abgesehen davon war ihr jede Gelegenheit willkommen, mit Cobalt beisammen zu sein.

Als Laura an diesem Abend zu Bett ging, war sie trotz Jennys Zuversicht immer noch nicht davon überzeugt, daß ihre Freundin es schaffen würde, den Wanderritt zu bezahlen.

Als Julia zu Bett ging, sah sie noch den Halbmond, der durch ihr Fenster schien. Er spiegelte sich in ihrem Frisierspiegel wider – zwei Halbmonde, eine Viertelmillion Meilen entfernt. Wenn sie die Hälften zusammenfügen könnte, hätte sie dann einen Vollmond? Vielleicht würden die Hälften gar nicht zusammenpassen. In diesen Tagen schien vieles nicht zusammenzupassen.

Obwohl Julia geglaubt hatte, sie würde niemals reiten wollen, machte es ihr nach den ersten Reitstunden riesigen Spaß. Sie hatte geglaubt, für diesen Sport kein Talent zu haben, aber Max hatte sie heute wieder gelobt. Max schmeichelte niemandem; er wußte, daß sie sich sehr bemüht hatte und das Lob verdiente.

Sie hatte auch gedacht, es wäre schön, Veronica di-Angelos Freundin zu sein. Aber das war ein Trugschluß. Für Veronica eine Freundin zu sein hieß nicht, daß Veronica eine Freundin für einen selbst war. Julia begriff jetzt, daß Veronica sehr egoistisch war. Eigentlich hatte sie das schon bemerkt, als Veronica damals im Stall Red O'Malley herbeirief, damit er ihr half. Sie war vielleicht bereit, ihren Videorecorder oder den Chauffeur ihrer Eltern mit ihr zu teilen, aber sie wäre niemals bereit, für ihre Freundin ein Opfer zu bringen. Sie würde nie eine wahre Freundin sein. Das war Julia jetzt klar.

Reiten war ein geselliger Sport. In der Reitstunde waren sie eine Gruppe, und ein Dreitageritt war bestimmt ein lustiges Unternehmen, wenn man eine Freundin hatte. Aber auch Veronica würde es nicht leicht haben, eine Partnerin zu finden. Julia wollte sich nicht damit abfinden, eine Außenseiterin zu bleiben. Wenn es so blieb, würde sie trotz allem das Reiten aufgeben. Selbst ihre Mutter würde jetzt Verständnis dafür haben, hatte sie doch selbst erlebt, wie ungezogen Veronica sein konnte.

Julia schloß für ein paar Minuten die Augen. Als sie sie wieder aufschlug, war der Mond untergegangen. Der Himmel leuchtete tiefblau, nur ein paar Sterne blinkten. Ihr Spiegel über dem Frisiertisch war völlig dunkel.

# 9

Am Dienstag vor der Reitstunde stand Julia ganz still neben Pepper in dessen Box. Seit Samstag abend überlegte sie sich schon, ob sie das Reiten wieder aufgeben sollte. Sie schien es auf Pine Hollow nicht zu schaffen, in den Kreis der Reitschülerinnen aufgenommen zu werden. Also würde dies ihre letzte Stunde sein.

In die Box nebenan war jetzt Veronica getreten. Julia rührte sich nicht, denn Veronicas Anwesenheit erfüllte sie mit Unbehagen. Tatsächlich schien auch Cobalt etwas gegen seine Besitzerin zu haben. Julia horchte, streckte sich und konnte sehen, wie Cobalts Sattel ziemlich unsanft auf seinem Rücken landete. Gleich darauf hörte sie den Sattel zu Boden fallen. Julia verstand. Cobalt hatte gegen das grobe Auflegen des Sattels protestiert. Julia konnte ihn verstehen.

„Du blödes Pferd", schimpfte Veronica. „Ich hole Red, er soll dich satteln. Red! Wo bist du?" rief sie laut. Keine Antwort. Julia hatte Red in der Sattelkammer gesehen. Er *mußte* Veronica hören, aber *wollte* offensichtlich nicht hören, was Julia wiederum gut verstehen konnte.

Julia legte behutsam die Sattelunterlage auf Peppers Rücken und strich sie sorgfältig glatt. Danach hob sie den Sattel hoch und legte ihn behutsam auf den Pferderükken. Das Pferd verlagerte nur sein Gewicht von einem Bein auf das andere, blieb aber stehen. Dann zog sie, so wie Red es ihr gezeigt hatte, die Satteldecke links und rechts sowie vorne und hinten noch einmal glatt, damit bestimmt keine Falte blieb. Nun hob sie den Sattel ein wenig hoch, um ihn vor dem Mähnenkamm wieder aufzulegen. Dann schob sie ihn vorsichtig wieder etwas zurück, wobei das Fell unter dem Sattel glattgestrichen wurde. Der vordere Teil des Sattels, also Vorderzwiesel und die Sattelkammern, mußte über dem Widerrist des Pferdes liegen. Als Julia dieses Wort zum ersten Mal hörte, konnte sie sich nichts darunter vorstellen, aber Red hatte ihr erklärt, daß der Widerrist die leichte Erhöhung des Rückens über den Schultern ist, der höchste Punkt des Pferderückens.

Nachdem Julia sich vergewissert hatte, daß der Sattel richtig lag, griff sie nach dem Sattelgurt. Da hörte sie Lauras Stimme: „Kann ich dir helfen?"

Julia wollte schon ja sagen, als sie merkte, daß Laura nicht sie angesprochen hatte, sondern Veronica, die natürlich eifrig bejahte.

„Dieser Red ist nur faul und dumm! Er hilft mir nicht, und bestimmt kümmert er sich auch nicht um mein Pferd!" jammerte Veronica.

Laura gab darauf keine Antwort, statt dessen redete sie beruhigend auf Cobalt ein: „Komm, mein guter Junge, ist ja gut ..."

Julia hörte, wie Laura seinen Hals abklopfte und er ein leises Schnauben von sich gab. Laura redete ständig mit Cobalt, während sie ihn sattelte und zäumte. Es ging völlig lautlos und ohne Kampf vor sich. Das Pferd schien sie eben zu verstehen. Erst als Laura den Sattelgurt nachgezogen hatte, sprach sie mit Veronica. Vielleicht weil Julia sie nicht sehen, sondern nur hören konnte, fiel ihr auf, daß Lauras Stimme jetzt irgendwie unsicher und stockend klang: „Cobalt ist neulich wirklich sehr schön gegangen. Max hat ein wenig mit ihm und mir gearbeitet. Ich wollte ..."

„Hoffentlich habt ihr nicht zuviel gemacht, Laura", unterbrach sie Veronica schroff.

„Nein, bestimmt nicht. Ich habe ihn nur eine Stunde geritten, aber ich wollte dich fragen, ob ich ..."

„Laura", fiel ihr Veronica wieder und noch schärfer ins Wort. Julia war erstaunt, daß Laura sich diesen Ton gefallen ließ, aber Veronica hatte sichtlich die Oberhand: „Du hast doch nicht etwa ..."

„Rede nicht in diesem Ton mit mir. Ich habe niemandem, nicht einmal Max gesagt, daß du die Tür zugeschlagen und Patch erschreckt hast. Ich möchte dir nur sagen, du kannst Julia gern in deine Sammlung aufnehmen. Mir ist das egal, aber eigentlich ist sie zu schade für dich."

„Sammlung?" fragte Veronica, als verstünde sie nicht. „Julia ist ein nettes Mädchen, wenn du das sagen willst, aber wir haben wirklich nichts miteinander gemein. Sie ist nicht einmal eine gute Reiterin", meinte Veronica abfällig.

„Gute Reiterin", wiederholte Laura nachdenklich, „was verstehst du denn davon?"

Ein paar Augenblicke lang blieb Veronica stumm. Sie hatte wohl begriffen, daß Laura den Spieß umgedreht hatte und zum Angriff übergegangen war.

„Hör zu, Laura, wenn du Cobalt am Donnerstag reiten möchtest, bin ich einverstanden. Aber mach nicht zu viel mit ihm, okay?"

Dann hörte Julia noch das Klappern von Cobalts Hufen. Veronica führte ihn hinaus auf den Sandplatz. Julia kauerte sich in die hinterste Ecke der Box. Keines der Mädchen sollte wissen, daß sie alles mit angehört hatte!

Ihre Hände waren feucht geworden. Es war nicht sehr schön, wenn man anhören mußte, wie über einen geredet wurde. In welche Sammlung sollte sie aufgenommen werden? Nichts hatte sie mit Veronica gemein? Nicht einmal eine gute Reiterin war sie? Sie galt also nichts in diesem Stall, zumindest für Veronica. Was bildete sich dieses Mädchen überhaupt ein? Sie war die Tochter des reichsten Bürgers von Willow Creek. Das war aber auch schon alles!

Dann kamen aber doch die Tränen und waren nicht mehr aufzuhalten. Julia schniefte und versuchte die Tränen wegzuwischen. Nie, nie durfte diese schreckliche Veronica erfahren, wie sehr sie sie gekränkt hatte!

„Pepper, alles in Ordnung bei dir?" Das war Lauras Stimme.

„Was ist denn los mit dir, Junge? Du bist ja schon gesattelt? Laß mal sehen."

Dann wurde die Boxentür zurückgeschoben, und Laura trat in die Box. Jetzt gab es kein Versteck mehr für Julia. Als Laura sie sah, wußte sie, was geschehen war. Julias Gesicht sagte ihr alles.

„Du hast uns gehört, nicht wahr?" fragte Laura. Julia nickte.

„Besser jetzt als später", meinte Laura nüchtern. „Veronica ist ein Biest. Du darfst nie glauben, was sie über andere redet – egal, ob gut oder böse."

Julia hockte sich auf einen Strohballen, der in der Box lag, drückte die angewinkelten Beine gegen die Brust und preßte die Stirn auf ihre Knie. Die letzten Tränen tropften ins Stroh. Als sie sich wieder in der Gewalt hatte, hob sie den Kopf und sah Laura an, die Pepper inzwischen aufgezäumt hatte und ihm jetzt über den Hals strich.

„Und was ist mir dir?" fragte sie. „Wann hättest du mir die Wahrheit gesagt?"

„Ich?" fragte Laura verwundert.

„Ja, du. Du hast von Anfang an gewußt, daß Veronica damals die Tür zugeschlagen hat, oder?"

„Schon, aber..."

„ ... aber was? Warum hast du es mir verschwiegen?"

„Was hätte es dir denn gebracht, wenn du es gewußt hättest?" fragte Laura.

„Ich hätte mir nicht eingebildet, daß Veronica meine Freundin sein könnte, und ich hätte von vorneherein gewußt, daß Veronica ein – ein Biest ist."

„Das weiß doch jeder", stellte Laura fest.

„Aber ich habe es nicht gewußt. Ich bin doch noch nicht lange hier. Und ich hätte Jenny nicht verdächtigt."

„Du hast wirklich geglaubt, Jenny wäre es gewesen?" fragte Laura erstaunt. Julia nickte.

„Niemals!" Laura schüttelte den Kopf. „Jenny macht viel Blödsinn, wie den unglückseligen Streich mit deinen Steigbügeln, aber sie würde niemals, wirklich niemals eine Tür zuschlagen, wenn Patch in der Halle ist." Laura überlegte, dann sagte sie: „Ich glaube, ich bin dir eine Erklärung schuldig. Ich habe wegen Cobalt geschwiegen. Hätte ich Veronica verraten, hätte sie mir nicht mehr erlaubt, ihn zu reiten. Er ist nämlich das wunderbarste Pferd auf der Welt; ich kann einfach nicht auf ihn verzichten. Was ich dadurch angerichtet habe, tut mir aufrichtig leid."

Julia starrte Laura fassungslos an. Doch noch bevor sie etwas sagen konnte, knackte der Lautsprecher, und Mrs. Regs Stimme verkündete: „Bitte Pferde und Reiter auf den Sandplatz. Die Stunde beginnt!"

„O nein!" stöhnte Laura. „Ich muß doch noch Delilah aufsatteln. Sag, könnten wir nicht nach der Stunde zusammen ein Eis essen, drüben in der Eisdiele?"

„Warum nicht", stimmte Julia zaghaft zu.

Die Stunde begann, und Julia konnte sich entspannen. Vorher hatte sie immer noch Angst, ob sie beim Aufsatteln oder Aufsitzen nicht irgend etwas falsch machte und wieder zum Gespött der ganzen Gruppe wurde. Aber wenn Max seine Anweisungen erteilte, wußte sie, was sie zu tun hatte. Und wenn sie tat, was Max ihr sagte, gehorchte ihr Pepper.

Alle Pferde trabten bereits in einer Reihe hintereinander auf dem Sandplatz, als Jenny erschien.

„Wir sind außerordentlich erfreut, daß Sie uns noch die Ehre geben, Miss Lake", sagte Max. Ein paar Mädchen kicherten, aber Julia hatte aus dem Ton seiner Stimme herausgehört, daß er Jennys verspäteten Auftritt nicht witzig fand. Er nahm den Reitunterricht ernst und duldete keine Unterbrechung. Eine Reitschülerin, die zu spät kam, stellte eine Unterbrechung dar, genauso wie eine Unterhaltung oder eine Unaufmerksamkeit. Max nahm es nicht übel, wenn ein Schüler etwas nicht wußte oder nicht konnte. Wichtig war ihm nur, daß er sich wirklich Mühe gab. Wer aber zu spät kam, schwätzte oder unaufmerksam war, nahm die Reiterei nicht wirklich ernst.

„Es tut mir leid, Max. Ich mußte unbedingt noch etwas erledigen. Ich verspreche, es ..."

„... wird nicht wieder vorkommen?"

„Ja, Max, es wird nicht wieder vorkommen", versprach Jenny und schwang sich auf Comanche. Dann reihte sie sich als letzte in die Gruppe ein.

Max achtete heute ganz besonders darauf, daß jede Reiterin mit ihrem Pferd einen gleichmäßigen Abstand zum nächsten Pferd hielt. Für Julia war das nicht einfach, denn Pepper hatte einen ziemlich flotten Trab. Er war ein sehr ehrgeiziges Pferd und wollte immer das Pferd vor ihm überholen.

Julia ritt hinter Polly Giacomin. Deren Pferd Nero war ein altes Schulpferd. Er lief schon so lange im Schulbetrieb, daß er alle Übungen und Lektionen auswendig konnte. Er war gleichzeitig mit Max von dessen Vater ausgebildet worden. Nero hatte gelernt, seine Kräfte zu schonen, und trabte nicht schneller als unbedingt nötig. Julia geriet ziemlich außer Atem, weil sie Pepper ständig zurückhalten mußte. Wenn Polly mit Nero nur etwas zulegen könnte!

Normalerweise hätte Max eingegriffen und Polly ermahnt, besser „vorwärts zu gehen", und Julia angehalten, ihr Pferd nicht so sehr „laufen zu lassen". Aber Max nahm sich heute Jenny vor.

„Bring deine Beine ans Pferd, Jenny! Comanche geht nicht im Takt! Und dann leg zu! Wenn du schon zu spät kommst und nicht abreiten kannst, mußt du um so aktiver reiten. Ich will nicht, daß du hinterherzokkelst!"

Jenny nickte nur. Julia bangte für Jenny mit, und sie tat ihr sogar leid. Aber sie war froh, daß Max sie dafür heute verschonte.

„Jenny Lake! Ein Anruf für dich!" rief Mrs. Reg über den Lautsprecher. „Es scheint wichtig zu sein. Bitte komm ins Büro!"

„Uh, Max, entschuldigst du mich?" fragte Jenny ängstlich.

Als sie mit ihrem Pferd aus der Bahn ging, machte Max ein finsteres Gesicht, aber er schwieg.

Jenny hatte heute einen schlechten Tag. Zwei Mitschüler, denen sie für den Nachmittag Jobs vermittelt hatte, waren bei den Auftraggebern nicht aufgetaucht. Deshalb hatte Jenny, kurz bevor sie das Haus verlassen wollte, noch zwei wütende Telefonanrufe bekommen. Sie hatte versucht, noch schnell eine Aushilfe aufzutreiben, aber ohne Erfolg. Es war ihr nichts anderes übriggeblieben, als Alex eine verzweifelte Nachricht zu hinterlassen. Dann war sie nach Pine Hollow hinübergespurtet und zu spät gekommen.

„Hallo?“ fragte sie ins Telefon.

„Jenny, hier ist Alex. Ich sehe gerade deine Nachricht, aber mit der alten Mrs. Ramsey gehe ich nicht zum Einkaufen. Sie macht mich total wahnsinnig!“

„Alex, du mußt! Du darfst mich jetzt nicht hängenlassen!“ klagte Jenny. „Sid Jackson hatte mir zugesagt, und jetzt hat er mich versetzt. Mrs. Ramsey braucht unbedingt jemanden, der mit ihr geht, ihr die Aufschriften und Preise von den Waren abliest und die Sachen für sie nach Hause trägt.“

„Kommt nicht in Frage.“

„Sie ist eine arme alte Frau, fast blind. Sie braucht nur für eine Stunde jemanden, der sie begleitet.“

„Kommt nicht in Frage.“

„Ich zahle dir die 5 Dollar, die ich bekomme“, sagte sie und biß sich auf die Zunge.

Einen Augenblick herrschte Stille am anderen Ende der Leitung, dann vernahm Jenny ein Seufzen und schließlich Alex' Stimme: „Okay. Aber nur einmal und dann nie wieder.“

„Du undankbare Ratte...“ begann Jenny, aber ihr Bruder hatte schon aufgelegt.

Jenny legte ebenfalls auf, ging aus dem Büro und zurück zu ihrer Reitstunde. Sie wollte Comanche gerade wieder losbinden, da bildete die Abteilung bereits Paare. Die Stunde war also gleich zu Ende. Es hatte keinen Sinn mehr, sich nochmals einzureihen. Also führte sie

Comanche gleich zurück in den Stall und sattelte ab. Während sie das Sattelzeug aufräumte, ging sie ihren geistigen Notizzettel durch. Was mußte sie noch erledigen, bevor sie nach Hause ging?

Laura hatte gestern für sie Cobalt geputzt und gestriegelt. Sie mußte sie noch bezahlen, zuvor aber das Geld von Veronica kassieren. Dann durfte sie nicht vergessen, bei Mrs. Traeger vorbeizugehen und sich das Geld für die Arbeit geben zu lassen, die gestern eine ihrer Klassenkameradinnen erledigt hatte. Dann mußte sie bei Mrs. Vitelli babysitten, weil Betsy Cavanaugh nicht konnte – und schließlich...

„Jenny!" Max rief sie. Jenny erschrak, denn seine Stimme klang nicht gerade freundlich. Normalerweise redete sie gern mit Max. Er war ein hervorragender Reitlehrer, ein guter Reiter und überhaupt ein netter Mann. Aber er verlangte auch viel von seinen Schülern, und Jenny wußte, daß sie heute nicht bei der Sache gewesen war.

„Jenny, kann ich kurz mit dir reden?" sagte er scharf.

„Ja, Max."

„Dann bitte komm zu mir ins Büro, wenn du Comanche versorgt hast."

„Eine Sekunde", rief Jenny zurück. Nun mußte alles zurückstehen, was sie noch erledigen wollte, denn die Reiterei rangierte in jedem Fall an erster Stelle. Abgesehen davon arbeitete sie ja auch nur, um am großen Ausritt teilnehmen zu können. Sie hoffte, Max würde das verstehen.

# 10

„Können wir gehen, bist du fertig?“ fragte Laura und spähte in Peppers Box. Als sie sah, wie liebevoll Julia Pepper versorgte, war sie froh, sie eingeladen zu haben. Ursprünglich hatte sie sich vorgenommen, diesem herausgeputzten Mädchen, das sich noch dazu mit Veronica anfreundete, die kalte Schulter zu zeigen. Aber wie Julia mit Pepper umging, verriet Laura, daß aus ihr noch eine echte Pferdefreundin und auch eine gute Reiterin werden würde. Also paßten sie zusammen.

„Komme sofort“, rief Julia, „ich habe Pepper nur noch ein wenig verwöhnt.“

„Heute bist du gut mit ihm zurechtgekommen, nicht wahr?“ stellte Laura fest. Ihr war aufgefallen, daß Pepper in der Stunde gut ging und Julia auch entspannt ritt.

„Ja. Aber weißt du, eines verstehe ich nicht“, sagte Julia nachdenklich. Laura nickte und erwartete Julias Frage. „Als ich Pepper das erste Mal ritt, war er stocksteif, und ich brachte ihn nur mit Mühe dahin, wo ich hinwollte. Beim nächsten Mal war es schon besser, und jetzt geht er richtig gut. Ist er denn krank gewesen?“

Laura mußte lachen, bezwang sich aber sofort, um Julia nicht zu kränken. „Entschuldige", sagte sie. „Ich mache mich nicht lustig über dich, aber was du sagst, hören wir von allen Anfängern. Sie denken, ihre Pferde werden besser, in Wirklichkeit werden *sie* besser. Das ist so: Erwirbst du dir als Reiter Sicherheit und Selbstvertrauen, überträgst du das auf dein Pferd – und es beginnt dich zu respektieren. Viele Pferde tricksen dich nämlich ganz schön aus, wenn du völlig unerfahren bist. Deshalb setzt Max ja die Anfänger zuerst einmal auf Patch. Er ist nämlich immer brav und willig."

„... solange er sich nicht erschreckt!"

„Richtig. Normalerweise kannst du ihm ein zweijähriges Kind anvertrauen. Pepper dagegen hat durchaus seinen eigenen Kopf. Du hast inzwischen schon so viel gelernt, daß du dich bei ihm durchsetzen kannst. Das ist ein toller Fortschritt."

Julia errötete, denn Lauras Kompliment machte sie verlegen, wenngleich sie sich darüber freute. Laura war nämlich mit Abstand die beste Reiterin in der Gruppe. Da sie nicht wußte, was sie darauf antworten sollte, lenkte sie das Gespräch wieder auf die Pferde.

„Sind Pferde tatsächlich so verschieden?" fragte sie.

„Und ob", sagte Laura. „So verschieden wie Menschen auch. Pepper ist zum Beispiel ein sehr ausgeglichenes Pferd, wenn ihm sein Reiter vermitteln kann, was er zu tun hat. Erhält er von seinem Reiter keine eindeutigen Hilfen, schaltet er auf stur und macht, was er will. Max hat dir also schon einiges zugetraut, als er dir Pepper zuteilte."

Julia gab Pepper noch einen liebevollen Klaps, vergewisserte sich nochmals, ob alles in Ordnung war, nahm das Sattelzeug und ging aus der Box. Laura schob die Tür zu, ließ sie ins Schloß einrasten und verriegelte sie.

„Wie ist es mit Cobalt?" fragte Julia. „Was hat er für Eigenheiten?"

„Cobalt ist ein englisches Vollblutpferd. Seine Mutter ist ein Jagdpferd und sein Vater ein Rennpferd. Eine solche Abstammung bewirkt, daß er sehr ehrgeizig ist und immer vorne sein will. Er begehrt gegen seinen Reiter auf, denn er will sich nicht unterordnen. Läßt das ein Reiter zu, hat er verspielt."

„Deshalb kommt Veronica so schlecht mit ihm zurecht?"

„Ja. Dazu kommt, daß sie Angst vor ihm hat."

„Wieso? Fürchtet sie, daß er sie abwerfen und sie sich verletzen könnte?"

„Das wahrscheinlich nicht. Es gibt kaum ein Pferd, das seinen Reiter absichtlich verletzt. Aber schließlich ist ein Pferd groß, schnell und hat viel Kraft, da kann schon etwas passieren. Sollte er ihr wirklich einmal durchgehen, ist die Gefahr, daß er sich selbst verletzt, wohl größer."

Laura mochte gar nicht daran denken, daß ein

unschuldiges Pferd in Gefahr geriet, nur weil sein Reiter ihm nicht gewachsen war. Schweigend half sie Julia, das Zaumzeug aufzuhängen. Dann nahmen sie die Limonade, die Meg Durham ihnen gebracht hatte, und verließen den Stall in Richtung Einkaufszentrum.

„Dann schau dir einmal ein Pferd wie unseren Nero an!“ nahm Laura das Gespräch wieder auf. „Er geht immer so verhalten, daß man meinen könnte, er sei faul. In Wirklichkeit geht er nur nicht schneller, als er unbedingt muß.“

„Stimmt, ich bin heute hinter ihm geritten und mußte Pepper immerzu zurückhalten, was mir nicht leichtfiel.“

„Das glaube ich dir gerne, aber du hast deine Sache gut gemacht“, sagte Laura. „Max hat das auch registriert.“

„He, Laura, warte!“ Das war Jenny. Laura blieb stehen und drehte sich um. Jenny rannte ihr entgegen.

„Ich dachte, du wärst schon längst weg. Du hast es doch so eilig gehabt“, sagte Laura, erinnerte sich aber dann, daß Max noch mit Jenny sprechen wollte. „Was gab es denn?“

„Ach, die übliche Gardinenpredigt, daß Pine Hollow gute Reiter heranbilden will und er daher von seinen Schülern Pünktlichkeit und Aufmerksamkeit erwartet. Immer die alte Leier. Aber warum ich dir nachlaufe: Das ist für dich.“ Sie streckte ihr vier Dollarscheine entgegen.

„Wofür?“ fragte Laura verwundert.

„Für Cobalt“, entgegnete Jenny.

„Dann mußt du es auf sein Konto bei der diAngelo-Bank überweisen!“ Laura lachte über ihren eigenen Witz.

„Nein, nicht doch für das Pferd, Laura. Das Geld ist für dich. Du hast ihn doch gestern geputzt.“

„Richtig, aber weil du mich darum gebeten hast, nicht für Geld“, entgegnete Laura leicht gekränkt. „Seit wann mußt du mich für einen Gefallen bezahlen?“

„Aber das war doch ein Job, kein Gefallen. Veronica bezahlt mich dafür. Also gehört das Geld dir“, erklärte ihr Jenny.

Laura betrachtete die Scheine. „Aber du brauchst doch Geld für den Dreitageritt. Also behalte es.“

„Das habe ich doch schon – meine Provision zumindest. Du brauchst dich nicht um mich zu kümmerrn, ich schaffe das schon. Nimm jetzt dein Geld! Ich muß weg. Tschüs!“ Sie drückte die vier Dollarscheine in Lauras Hand und rannte zurück zur Auffahrt von Pine Hollow, wo ihre Mutter hinter dem Steuer ihres Kombiwagens auf sie wartete.

Laura steckte das Geld in ihre Tasche. „Weißt du, Julia, bei Pferden weiß ich eigentlich immer, woran ich bin, bei den Menschen ist das schon nicht mehr so einfach. Jenny möchte unbedingt an dem großen Ausritt teilnehmen. Und was macht sie? Sie verbaut sich eine Möglichkeit nach der anderen. Sie hätte nur ein gutes Mathereferat schreiben müssen. Aber dazu hatte sie keine Lust. Dann beschloß sie, sich das nötige Geld selbst zu verdienen, aber nein, sie ist sich zu gut für die Arbeit. Ich habe noch niemanden kennengelernt, der so erfolgreich andere Leute zu beschäftigen versteht. Und weil das noch nicht ausreicht, tut sie alles, was Max verärgert, bis er sie am Ende gar nicht mitnimmt. Wie will sie da jemals ans Ziel kommen?"

„Hör zu", sagte Julia jetzt, „du kannst mir etwas über Pferde sagen, dafür sage ich dir etwas über die Leute."

„Wie meinst du das?" fragte Laura.

„Ich meine, Jenny ist gar nicht so ungeschickt, wie du meinst."

„Wovon redest du?"

„Jenny hat doch soeben gesagt, sie hätte für das Putzen von Veronicas Pferd eine Provision einbehalten", sagte Julia. „Sag mir doch, wieviel Geld braucht Jenny überhaupt für den Ausritt?"

„50 Dollar."

„Okay. Und sie hat schon viele Aufträge bekommen."

„Ja, hätte sie, aber sie verbringt ihre Zeit damit, am Telefon zu sitzen und ihre guten Jobs an andere weiterzugeben. Wenn das so weitergeht, kann sich bald jeder Schüler dieser Stadt den Ausflug leisten, nur nicht Jenny."

„Du machst dir völlig unnötig Sorgen um sie! Jenny gibt die Jobs nicht weiter, sie verkauft sie. Begreifst du denn nicht, daß sie für jede Arbeit, die sie vergibt, Provision einbehält! Inzwischen hat sie schon eine ganze Truppe, die für sie arbeitet. Sie ist sozusagen eine Ein-Mädchen-Arbeitsvermittlung. Dich, zum Beispiel, hat sie für Cobalts Pflege eingeteilt."

„Woher weißt du das alles?" fragte Laura.

„Das hat sie mir gesagt, als sie mich anrief und fragte, ob ich morgen auf die Ziegler-Zwillinge aufpassen könnte. Aber ich kann nicht."

„Dein Glück, das sind nämlich Monster hoch zwei." Laura unterbrach Julia.

„Siehst du, du weißt ja doch, was hinter den Leuten steckt", scherzte Julia, und beide mußten lachen. „Verstehst du jetzt: Jedesmal, wenn Jenny einen Job an jemanden weitergibt, behält sie etwas vom Lohn ein. Man nennt das Vermittlungsprovision. Du hast für sie Cobalt geputzt, und sie hat dir 4 Dollar gegeben." Laura nickte und fühlte nach den Dollarscheinen in ihrer Hosentasche.

„Nun, Veronica hat ihr wahrscheinlich 5 Dollar bezahlt. Also hast du die Arbeit gemacht, und Jenny hat 1 Dollar verdient."

„Aber von einem Dollar ist noch ein weiter Weg zu 50 Dollar. Da hätte ich mir lieber gleich die fünf..."

„Richtig, aber während du für sie gearbeitet hast,

waren noch drei andere Kinder für sie tätig. Wahrscheinlich hat sie auch von deren Verdienst jeweils 1 Dollar oder mehr kassiert. Und während sie diese 4 Dollar verdiente, saß sie zu Hause am Telefon und wartete auf neue Aufträge."

Jetzt fing Laura zu rechnen an: „Wenn sie so an einem Wochentag 4 Dollar verdient, verdient sie am Wochenende noch weit mehr. Auf diese Weise kommt sie vielleicht tatsächlich auf 50 Dollar und kann den Ausritt mitmachen, wenn Max sie läßt."

„Mach dir keine Gedanken, Laura", beruhigte sie Julia. „Jenny ist eine gute Rechnerin. Sie weiß auch, wie weit sie bei den verschiedenen Leuten gehen kann. Sie wird beim Ausritt dabeisein."

Hoffentlich hat Julia recht, dachte Laura.

Die Mädchen hatten das Einkaufszentrum erreicht und steuerten die Eisdiele an.

„Weißt du was?" fragte Laura.

„Was?"

„Ich lade dich ein. Immerhin habe ich soeben ganz unverhofft 4 Dollar verdient!"

„Du sollst aber nicht für mich bezahlen", wehrte Julia ab.

„Gut, stell dir einfach vor, Jenny hätte dich eingeladen, weil sie den schlechten Streich mit den Steigbügeln schon längst gutmachen will. Okay?"

„Okay", willigte Julia ein. „Dann muß ich mir aber

auch etwas wegen der Knoten in ihren Schuhbändern einfallen lassen!"

„Da gibt es sicher bald eine passende Gelegenheit", meinte Laura.

Jetzt war das Eis gebrochen. Warum hatte sie Julia eigentlich nicht schon früher eingeladen?

# 11

„Bitte erzähl mir doch noch mehr von den Pferden im Stall", bat Julia.

Die beiden Mädchen saßen an einem Ecktisch in der Eisdiele. Eine dunkle Regenwolke hielt sie davon ab, sich in den kleinen Garten hinter der Eisdiele zu setzen. Inzwischen hatten sie ihre Eisbecher gegessen, und nun plauderten sie. Julia war vom Reiten ganz begeistert. Sie machte Fortschritte und hatte eine Freundin gefunden.

Laura saß ihr gegenüber und redete leidenschaftlich über ihr Lieblingsthema: Pferde. Sie charakterisierte jedes Pferd im Stall, und Julia hörte aufmerksam zu.

„Ja, da haben wir Comanche. Er und Jenny sind wie füreinander geschaffen. Die Persönlichkeiten von Pferd und Reiter müssen nämlich auch harmonieren. Ich will damit sagen, daß du einem zaghaften Reiter kein temperamentvolles Pferd anvertrauen darfst. Ein temperamentvolles Pferd braucht eine energische Hand. Comanche, zum Beispiel, ist ein eigenwilliger Dickkopf. Jenny bekanntlich auch. Wenn beide zufällig einmal das gleiche wollen – dann sind sie ein perfektes Paar."

Julia lachte. „Wenn jeder aber etwas anderes will, was ist dann?"

„Jenny ist eine gute Reiterin", sagte Laura, „meistens kann sie sich durchsetzen."

„Das hat sie heute beim Handwechsel bewiesen, nicht wahr?" fragte Julia. Als die Stunde begann, waren die Pferde auf der rechten Hand im Uhrzeigersinn gegangen. Im Verlauf der Stunde verlangte Max des öfteren „Handwechsel", damit die Pferde beidseitig geschmeidig werden. Jenny hatte die Abteilung angeführt und sollte durch die ganze Bahn wechseln. Das heißt eine Diagonale durch das Oval der Bahn reiten und dann auf der linken Hand, oder gegen den Uhrzeigersinn, weiterreiten. Comanche war damit nicht einverstanden gewesen.

„Ich dachte schon, Jenny würde ihn weitergehen lassen und sich als letzte in die Abteilung einreihen, so daß Comanche nur den anderen Pferden zu folgen brauchte!"

„Das wäre aber grundverkehrt gewesen, und Max hätte Jenny böse gescholten", sagte Laura. „Ein Pferd darf niemals seinen Willen durchsetzen. Es gehorcht dann nie mehr. Wie du gesehen hast, trieb Jenny Comanche energisch auf die Diagonale, und schließlich ging er dann auch."

„Es sah aber schon nach Zweikampf aus", bemerkte Julia.

„Natürlich, aber den Rest der Stunde machte er keine Zicken mehr, oder?"

„Nein. Manchmal denke ich mir, Pferde sind doch wie kleine Kinder."

Laura nickte. „Richtig. Manchmal können sie unausstehlich sein. Aber der Reiter darf sich einfach nichts bieten lassen."

„Was gefällt dir an der Reiterei am besten, Laura?" Julia beobachtete Laura, während sie sich ihre Antwort lange überlegte. Julia hatte nicht gedacht, daß ihre Frage so schwierig war.

„Alles", sagte Laura bestimmt.

Laura saß auf der Bank vor der Bushaltestelle. Es dauerte zwar noch 15 Minuten, bis ihr Bus kam, aber was sollte sie bis dahin tun? Sie wollte nicht herumspazieren, denn letztes Mal hatte sie prompt den Bus verpaßt. Sie mußte dann eine ganze halbe Stunde auf den nächsten warten.

Ein wenig zu warten machte ihr nichts aus. Manchmal traf sie eine Mitschülerin, wenn nicht, konnte sie ein paar Schaufenster anschauen. Also stand sie auf und ging hinüber zum Hi-Fi-Laden, in dem sie erst kürzlich die Kassette für ihren Vater gekauft hatte. Er war ganz begeistert gewesen. Hätte sie genug Geld dabeigehabt, hätte sie noch eine Kassette für ihn mitgenommen. Heute prangte in dem Fenster ein großes Schild mit der

Aufschrift: „Die Gewinner des Preisausschreibens". Laura erinnerte sich langsam: Jenny hatte doch eine Teilnehmerkarte ausgefüllt und abgegeben, als sie die Kassette für ihren Vater ausgesucht hatte. Danach hatte sie eine Weile von Hawaii geschwärmt.

Da stand nun der Gewinner der Hawaii-Reise, aber es war nicht Jenny. Doch darunter standen die Namen von 25 anderen Teilnehmern, den „Gewinnern von prächtigen Trostpreisen", wie es hieß. Laura überflog die Liste und stutze. Stand ganz oben nicht „Jenny Lake"?

Laura las noch einmal. Ja, es war Jennys Name. Sie hatte tatsächlich einen Preis gewonnen! Schnell hatte sie herausgefunden, daß es der dritte Preis war, ein tragbarer Kassettenrecorder. Leider keine Hawaii-Reise und auch nicht 50 Dollar in bar, was ideal gewesen wäre, aber immerhin ein Preis! Das mußte sie ihr sofort erzählen!

Laura fischte ein paar Münzen aus ihrer Tasche und sah sich nach einem Telefon um. Im Einkaufszentrum gab es etliche Apparate, aber sie konnte sich im Augenblick nicht erinnern, wo. Da entdeckte sie eine Telefonkabine gleich vor dem Supermarkt. Sie rannte über den Parkplatz, kaum auf die ein- und ausfahrenden Autos achtend, warf ihre Münzen in den Apparat und wählte Jennys Nummer, die sie auswendig wußte. Belegt. Sie versuchte es noch einmal. Wieder belegt. Um etwas Zeit vergehen zu lassen, schritt sie einmal die Front des Supermarkts auf und ab. Als sie dann zum Telefon zurückkam, telefonierten ein Junge und ein Mädchen in der Zelle. Laura pflanzte sich vor ihnen auf, tippte ungeduldig mit dem Fuß und beobachtete die Leute, die aus dem Supermarkt kamen. Nachdem das Pärchen nicht einen, sondern drei Anrufe getätigt hatte, verließ es die Telefonzelle.

Laura hob den Hörer ab und wählte nochmals Jennys Nummer.

Frei. Es läutete – einmal – zweimal ... Nach dem sechsten Läuten sah Laura ihren Bus kommen. Sie knallte den Hörer auf die Gabel, stürzte aus der Kabine und rannte los.

Die Haltestelle lag aber quer über dem Parkplatz, und Reitstiefel eignen sich schlecht für einen Kurzstreckenspurt. Sie lief so schnell sie konnte, bekam aber nur noch eine Wolke Kohlenmonoxid ins Gesicht geblasen.

Laura war böse auf sich und die Welt. Aber sie ging zurück zur Telefonzelle und versuchte noch einmal ihr Glück. Wieder kam das Freizeichen, aber es war eine falsche Nummer. Sie knallte den Hörer auf und stellte fest, daß sie keine Münzen mehr hatte. Sie konnte also nicht mehr anrufen.

Sie kehrte zur Bank an der Haltestelle zurück und gelobte sich, nicht wieder aufzustehen, bis der nächste Bus kam. Sie stützte die Ellbogen auf die Knie, legte ihr Kinn in die gewölbten Handflächen und starrte vor sich hin. So gut hatte der Nachmittag begonnen, dachte sie und rief sich das nette Gespräch mit Julia ins Gedächtnis zurück. Warum klappte jetzt plötzlich nichts mehr?

„Hallo, Schatz! Dachte ich mir doch, daß ich dich hier finde!" Es war die fröhliche Stimme ihres Vaters! Er parkte sein Auto direkt in der Haltebucht. „Ich mußte in der Stadt etwas besorgen und hoffte, dir noch zu begegnen. Jetzt kann ich dich nach Hause fahren."

Das schätzte Laura an ihrem Vater ganz besonders: Wenn man ihn brauchte, war er – fast immer – zur Stelle. Sie stimmte freudig zu und setzte sich neben ihn auf den Beifahrersitz.

„Jenny! Der nächste Anruf für dich! Sollte es allerdings wieder eine Dame sein, die einen Hund namens Fifi ausgeführt haben will, such dir einen anderen!"

Von Brüdern ist keine Dankbarkeit zu erwarten, dachte Jenny voll Verachtung. Stunden hatte sie jeden Tag geschuftet, um ihnen Jobs zu verschaffen, damit sie Geld verdienen konnten. Und was erntete sie? Nichts als Beschwerden. Sie nahm sich vor, den nächsten Job an jemand anderen zu vermitteln. Sie konnte noch einige Mitschüler und Freunde anrufen. Nur wußte sie augenblicklich noch nicht, welche.

Sorgfältig ordnete sie einen Stoß Zettel, auf denen ihre Notizen standen. Sie war nämlich gerade damit beschäftigt, sämtliche Informationen in ihr Notizbuch zu übertragen. Sie hatte inzwischen so viele Kunden und fast ebenso viele Mitarbeiter und mußte sorgfältig darüber Buch führen, wer ihr Geld schuldete und wieviel sie davon auszahlen mußte. Gleichzeitig wußte sie sehr genau, wieviel in ihrer Tasche blieb, weil sie für jede Arbeit 1 Dollar Provision abzweigte. Ihre vorläufige Endrechnung ergab nun schon mindestens 65 Dollar. Der Dreitageritt war gerettet!

Sie legte noch den letzten Zettel auf den Stoß, stand auf und ging ans Telefon. Vielleicht wieder ein neuer Auftrag? Wer kam dafür in Frage? Keiner ihrer Brüder, sie mußte hart bleiben. Ihr Verstand arbeitete bereits fieberhaft. In ihrer Klasse gab es noch etliche Mitschüler, die sie noch nicht angesprochen hatte. Im Notfall konnte sie sich auch noch Tims und Michaels Klassenlisten geben lassen. Bestimmt waren einige darunter, die sich gern etwas verdienen wollten. „Hallo?“ fragte sie mit gespielter Zuversicht. Gerne würde sie die Klassenkameraden ihrer Brüder zwar nicht ansprechen...

„Jenny, hier ist Laura. Du hast gewonnen! Der Hi-Fi-Markt hat die Gewinnerliste im Schaufenster, und da steht dein Name! Du erinnerst dich doch an das Preisausschreiben?“ Laura war ganz außer Atem.

„Huh?“ sagte Jenny und verstand Bahnhof. Sie war ganz und gar auf einen neuen Auftrag eingestellt, daß sie beinahe Lauras Stimme nicht erkannt hätte. Wovon redete sie überhaupt? Sie konnte sich an kein Preisausschreiben erinnern. Doch, halt...

„Hawaii? Darf ich nach Hawaii fahren?"

„Nein – das nicht. Die Reise hast du leider nicht gewonnen. Aber du bist die Gewinnerin eines tragbaren Kassettenrecorders", beeilte sich Laura zu sagen. „Das heißt, dein Name steht zumindest auf der Liste. Seit ein paar Stunden versuche ich schon, dich zu erreichen, aber euer Telefon war immer belegt. Du mußt jedenfalls in das Geschäft und deinen Preis abholen. Kannst du es fassen?"

„Bist du sicher?"

„Natürlich! Wenn doch dein Name auf der Gewinnerliste steht!"

Endlich hatte Jenny begriffen. „Ich habe also bei dem Preisausschreiben etwas gewonnen?"

„Das sage ich doch schon die ganze Zeit!"

„Super! Danke für deinen Anruf. Ich kann es nicht glauben! Ist das toll! Ich gehe gleich hinüber und hole den Recorder ab. Da gibt es allerdings ein Problem: Ich habe nur Schallplatten. Ich besitze nicht eine einzige Kassette. Ich kann also gar nichts anhören." Jenny sah die Dinge immer so, wie sie waren.

„Hat denn Alex keinen Kassettenrecorder? Dann könnte er dir ein paar Kassetten leihen."

„Du wirst doch nicht glauben, daß ich mir diesen Schrott anhöre!"

„Vielleicht kannst du dir eine Kassette kaufen – für den Anfang", schlug Laura vor.

„Mal sehen", meinte Jenny unsicher. „Ich muß jetzt zusehen, daß ich hinüberkomme. Es ist einfach phantastisch! Nochmals danke, daß du es mir gesagt hast!" Sie legte auf.

Jenny geriet außer sich. Zum ersten Mal in ihrem Leben hatte sie etwas gewonnen. Sie, Jenny Lake, die normalerweise nicht einmal bei einer Geburtstagsfeier etwas gewinnt! Sie lachte und tanzte im Zimmer umher. Sie konnte es einfach nicht fassen. Schließlich setzte sie sich an den Rand ihres Bettes und atmete dreimal tief durch. Träumte sie wirklich nicht? Sie brauchte den Preis ja nur abzuholen. Bis zum Abendessen war noch eine Stunde Zeit. Der Weg zum Hi-Fi-Markt dauerte zu Fuß 15 Minuten. Also nichts wie hin! Schon wollte sie ihr Zimmer verlassen, da fiel ihr ein, daß sie sich ja vielleicht ausweisen mußte. Schnell nahm sie noch ihre Brieftasche an sich, in der sie ihren Büchereiausweis und ihr gesamtes verdientes Geld aufbewahrte. Dann stürmte sie die Treppe hinunter und zur Tür hinaus.

„Ich habe gewonnen!" sang sie vor sich hin und legte fast den ganzen Weg zum Einkaufszentrum hüpfend zurück.

Der Ladenbesitzer kannte sie auch ohne Ausweis, und in wenigen Minuten gehörte ihr der Kassettenrecorder. Sie wurde gleich mehrere Male fotografiert – strahlend, das Gerät hochhaltend. Dennoch glaubte Jenny noch immer zu träumen. Alles war so wunderbar.

„Das ist ja wie Weihnachten – nur noch schöner", sagte sie zu Miss Weiss, der Geschäftsführerin.

„Das freut auch uns. Wir wünschen dir viel Spaß mit dem Recorder!"

Wie sollte sie das nur anstellen ohne eine einzige Kassette? Sie mußte sich wenigstens eine kaufen! Die Auswahl in dem Geschäft war groß. Genügend Geld hatte sie auch einstecken. Nachdenken konnte sie jetzt nicht. Dazu war sie noch viel zu aufgeregt. Mit dem Recorder unter dem Arm ging sie hinüber zum Kassettenständer und schaute die Fächer durch.

Was für ein Tag! Sie brauchte eine bleibende Erinnerung daran. Aber was? Eine Kassette, die sie jetzt kaufte! Und dann begann sie auszusuchen.

# 12

„Weißt du, Laura, der Kassettenrecorder ist einfach Spitze", schwärmte Jenny in der Reitstunde am Samstag. „Ich höre schon die ganze Woche nur noch Kassetten. Der Sound ist eine Wucht. Du solltest dir das anhören!"

„Jenny!" rief Max ärgerlich. „Dies ist eine Reit- und keine Plauderstunde! Zeige doch der Abteilung, wie gut du zugehört hast. Wechsle bitte durch die ganze Bahn im Trab."

Jenny hatte Glück. Sie beherrschte diese Übung. Sie preßte ihre Beine leicht gegen Comanches Seiten, und sofort ging er im Trab. Trat sein rechtes Vorderbein vor, stand Jenny im Sattel auf. Das war für sie ein ganz natürlicher Bewegungsablauf. Andere Reiter schafften es nur mit Mühe, auf dem richtigen Fuß zu traben. Jenny hatte aber viel Erfahrung. Nachdem Comanche auf der Diagonale die Mitte der Bahn passiert hatte, saß sie statt einem zwei Tritte aus, so daß sie aufstand, als das linke Vorderbein vortrat. Sie hatte die Hand gewechselt, ritt also in der entgegengesetzten Richtung weiter.

„Gut", lobte Max. Das war ein Kompliment für eine Leistung, die vielleicht das Schwatzen während der Stunde wiedergutmachte. Sie ritt Comanche bis zum letzten Pferd der Gruppe, die inzwischen ihre Figur nachritt – manche Reiterin besser, manche schlechter.

Jenny beherrschte den Handwechsel so gut, daß sie es sich leisten konnte, im Geist ein wenig ihren Melodien nachzulauschen, die sie seit Dienstag fast ununterbrochen hörte. Eigentlich war es schade, daß sie die zwei Dinge, die sie am liebsten tat – reiten und Rockmusik hören – nicht miteinander verbinden konnte. Aber zum Ausritt konnte sie ihren Kassettenrecorder doch mitnehmen! Dann könnten sie auch abends in ihrem Zelt Musik hören. Welche Kassetten sollte sie mitnehmen? Am besten alle. Oder sie würde Laura bitten, ihr bei der Auswahl zu helfen. Immerhin, der große Ausritt war bereits in zwei Wochen.

Zum Abschluß der Stunde wechselten sie diesmal im Trab paarweise durch die ganze Bahn. Jenny hatte Laura als Partnerin.

„Komm doch heute nachmittag zu mir! Ich muß dir etwas zeigen. Es ist wichtig", lud Jenny ihre Freundin ein.

„Ich dachte, du mußt arbeiten, deshalb habe ich mich eigentlich schon mit Julia in der Eisdiele verabredet. Aber vielleicht darf ich sie mitbringen?"

Jenny schluckte. Natürlich hatte sie bemerkt, daß

Laura und Julia sich angefreundet hatten. Sie war nicht eifersüchtig, aber sie konnte Julia die schrecklichen Knoten in ihren Turnschuhe nicht verzeihen. Außerdem hatte es Julia abgelehnt, die Ziegler-Zwillinge zu betreuen, als sie dringend jemanden für diesen Job gebraucht hätte.

„Weißt du, Jenny, Julia war der Meinung, du hättest damals die Tür zugeschlagen."

„Ist sie verrückt? Wie kann sie mir so etwas zutrauen?"

„Beruhige dich, sie weiß inzwischen Bescheid. Und das mit den Turnschuhen tut ihr leid – so wie dir sicherlich der Streich mit den Steigbügeln. Du erinnerst dich doch?"

Natürlich erinnerte Jenny sich. Sie erinnerte sich an alles, auch an Julias Gesicht, während sie sich abmühte, aufs Pferd zu kommen. Es war so komisch, daß sie auch jetzt wieder kicherte. Sie erinnerte sich aber auch, daß Julia den Tränen nahe gewesen war. Sie mußte jedoch zugeben, daß Julia gelernt hatte, mit Pferden umzugehen, und schon recht ordentlich reiten konnte. Offensichtlich hielt sie durch, was man von den wenigsten Anfängern behaupten konnte.

„Okay, bring sie mit", sagte sie. „Aber was ich noch wissen wollte: Kommt sie mit auf den Dreitageritt?"

„Sie und ihre Mutter sprechen am Dienstag nach der Stunde mit Max darüber. Sie möchte gerne mitreiten, und Max hat nichts dagegen, nur ihre Mutter sieht tausend Gefahren."

„Das ist seltsam", sagte Jenny. „Max hat mich auch gebeten, am Dienstag nach der Stunde noch dazubleiben. Er tat ziemlich geheimnisvoll."

„Du glaubst doch nicht..." begann Laura zaghaft.

Aber gerade die Person, über die sie sprachen, unterbrach sie jetzt. „Mädchen!" sagte Max tadelnd. „Die Stunde ist noch nicht zu Ende. Deswegen bin ich der einzige, der spricht. Ihr setzt euch immer wieder über diese Regel hinweg. Ich nehme das nicht mehr hin. Habt ihr mich verstanden?"

„Ja", sagten sie einstimmig.

„Jetzt hört euch das an", sagte Jenny, schob die nächste Kassette in ihren Recorder und betätigte die Play-Taste. Ein wunderschönes Lied, dachte Julia. Sie hatte es schon im Radio gehört, aber auf Jennys Kassettenrecorder klang es noch viel besser. Es war ein verträumtes, romantisches Lied. Julia lehnte sich in Jennys bequemem Polstersessel zurück und genoß die Musik. Es gelang ihr aber nicht, sich zu entspannen. Sie fühlte sich wie ein Eindringling. Laura gab sich Mühe, sie und Jenny einander näherzubringen, aber das war nicht so leicht. Die Ereignisse während Julias erster Reitstunde auf Pine Hollow hingen wie eine dunkle Wolke über ihnen. Julia hatte ein schlechtes Gewissen wegen der Knoten in den

Turnschuhen und Jenny wegen der fehlenden Steigbügel. Julia bemühte sich wirklich, die Geschichte zu vergessen. Und Jenny?

„Wenn dir dieses Lied gefällt, wird dir das nächste auch gefallen“, sagte Jenny zu Laura.

„Mann, hast du eine Menge Kassetten!“ staunte Laura mit einem Blick auf den Kassettenstoß. „Ich dachte, du hast keine. Sind diese hier nun doch von Alex?“

„Nein, die gehören mir. Ich habe dir doch gesagt, mein Bruder hat einen abscheulichen Geschmack, zumindest was Musik anbelangt. Er hört zum Beispiel Heavy metal. Das darf sich doch nicht Musik nennen!“

„Das finde ich auch“, stimmte ihr Julia zu. Wenigstens hatten sie eine gemeinsame Abneigung.

„Hast du dir diese Kassetten gekauft?“ fragte Laura argwöhnisch.

„Natürlich, sie haben eine tolle Auswahl in dem Hi-Fi-Laden.“

„Du hast die Kassetten also gekauft...“ fragte Laura sehr ernst und besorgt, „... und dafür bezahlt?“

„Ja, was denkst du? Sie haben mir zwar den Recorder geschenkt, aber nicht auch noch die Kassetten!“

„Und woher hattest du das Geld?“ fragte sie Laura rundheraus.

„Verdient, wie du weißt. He, was soll das? Hältst du mich für einen Ladendieb? Ich werde doch keine Kassetten stehlen!" empörte sich Jenny. „Schau her, hier ist die Quittung!"

„Ich habe nicht im Traum daran gedacht, daß du sie gestohlen hättest", beruhigte Laura ihre Freundin. „Ich weiß, du würdest nie so etwas tun. Aber ich fürchte, du hast dein ganzes Geld für diese Kassetten ausgegeben!"

Jennys Arme fielen schlaff herab. Sie stand auf und sah Laura entsetzt an. Ihre rechte Hand krampfte sich um eine Kassette. Julia konnte sehen, wie ihr Gesicht fahl wurde.

„Nein! Das ist nicht möglich! Ich hatte viel Geld. Ich kann es nicht ausgegeben haben. Ich habe doch nur ein paar Kassetten gekauft – die ihr hier seht! Eine oder zwei habe ich tatsächlich von Alex geliehen. Das ist alles. Es muß noch Geld übrig sein – viel Geld. Was kostet denn schon eine Kassette? Doch nicht viel?"

Julia überlegte, was die Kassetten kosteten, die sie zuletzt in den Schaufenstern gesehen hatte. Sie waren jedenfalls ziemlich teuer. Auf Jennys Bett lagen allein acht Kassetten, plus zwei, die vielleicht Alex gehörten. Sie gab die Antwort auf Jennys Frage: „Sagen wir zehn Kassetten zu jeweils 6 oder 7 Dollar macht ungefähr 65 Dollar..."

„Du hast dein ganzes Geld ausgegeben", jammerte Laura und rang die Hände.

„Nicht das ganze", wehrte sich Jenny. „Ich habe noch etwas übrig." Sie zog ihre Geldbörse aus ihrer Schultasche, öffnete sie und zählte: „Ich habe noch genau...", sie warf den Inhalt auf ihr Bett, „... 4 Dollar und 18 Cent."

Dann erlebte Julia eine Jenny, die sie noch nicht kannte. Selbst der Wutausbruch damals, als sie ihre zusammengeknöpften Schuhe vorfand, war ein müder Abglanz von dem, der nun folgte.

Jenny packte sämtliche Notizzettel, die sie zuerst fein säuberlich geordnet hatte, und schleuderte sie in die Luft.

„Es darf nicht wahr sein! Ich kann es nicht glauben! Wißt ihr, wie viele Stunden ich hier vor dem Telefon verbracht habe, bis ich so viele Leute beschäftigen konnte, daß mir armselige 65 Dollar blieben! Auf die Ziegler-Zwillinge habe ich sogar selbst aufgepaßt, weil niemand es tun wollte. Und was habe ich jetzt davon?" Dutzendweise flogen die Zettel in die Luft. „Nichts!" Sie bückte sich. „Seht euch das an!" Sie hob ein Notizbuch vom Boden auf. „Nächtelang habe ich dagesessen und diese Buchhaltung angelegt. Da, wollt ihr sie sehen?" Sie schleuderte das Notizbuch in hohem Bogen von sich. Es landete direkt vor Julias Füßen.

Als sich Jennys Augen schließlich mit Tränen füllten, holte Laura ein Taschentuch hervor und tröstete sie. Aber Jenny war untröstlich. Der große Dreitageritt war ein einzigartiges Ereignis, und da Jenny unbedingt mitreiten wollte, hatte sie sogar etwas getan, was ihr durch und durch verhaßt war – sie hatte gearbeitet. Und jetzt hatte sie das Geld einfach ausgegeben, ohne richtig darüber nachzudenken.

„Wie konnte ich das tun?" schluchzte sie.

Julia tat Jenny leid, obwohl sie nicht verstehen konnte, wie man so leichtfertig so viel Geld ausgeben konnte. Während Laura ihrer Freundin gut zuredete, hob Julia das Notizheft vom Boden auf und blätterte ein wenig darin. Dann studierte sie die erste Doppelseite genauer und stellte fest, daß es eine perfekt geführte Aufstellung aller Aufträge war. Nie hätte Julia gedacht, daß Jenny so viele Jobs angenommen und an ihre Brüder und Freunde weitergegeben hatte. Die Kopfleiste der Aufstellung war unterteilt in die Rubriken: Datum – Auftrag – erteilt von – ausgeführt von – Stunden – Preis – Arbeitszeit – Einnahme – ausbezahlter Betrag – Provision. Diese Liste ging über vier Seiten. Eine perfekte Buchhaltung!

Auf den hinteren Seiten des Notizheftes entdeckte Julia eine Liste mit den Namen der Kinder, die Jenny beschäftigte, sowie eine eigene „Beurteilungsseite" für jeden „Mitarbeiter". Über Polly Giacomin zum Beispiel hatte Jenny geschrieben: „Jeden Mittwoch beim Kieferorthopäden. Mrs. Ellerman fand sie gut als Betreuerin ihres Hundes." Da war sogar eine Seite mit ihrem Namen: „Julia Atwood" und der Bemerkung: „Kein Interesse". Julia schämte sich ein wenig. Es stimmte. Jenny hatte sie wegen Babysitten gefragt, aber sie hatte abgelehnt. Sie hatte die Ausrede gebraucht, für einen Test lernen zu müssen. Jenny hatte sie natürlich durchschaut. Für Laura gab es auch eine Seite. Da hieß es: „Macht alles für Cobalt." Auch das war richtig; Julia wußte es. Sie schloß das Notizheft und sah auf. Jenny schniefte:

„Ich bringe alle Kassetten zurück." Sie sammelte die Kassetten ein und steckte eine nach der anderen in das Gehäuse zurück. „Ich sage im Geschäft, sie waren defekt, und verlange mein Geld zurück."

„Jenny...!" begann Laura verzweifelt.

Da hatte Julia eine tolle Idee: „He, Jenny!" unterbrach sie Laura, aber Jenny hörte sie nicht.

„Ich erzähl ihnen, daß unser Familienvermögen von einem Tornado weggefegt wurde und wir dringend Bargeld brauchen."

„Jenny", versuchte es Julia noch einmal. Ohne Erfolg.

„Noch besser von einem Hurrikan..."

„Jenny! Sei bitte vernünftig", mahnte Laura.

„Hör mal, Laura", sagte Julia und schwenkte heftig das Notizheft. Laura hörte nicht auf sie, weil sie Jenny unbedingt zur Vernunft bringen wollte.

„Jenny, es gibt für dich nur noch eine Möglichkeit", begann sie feierlich. „Du mußt ein Mathereferat schreiben."

„Nein!" heulte Jenny auf. „Ich kann das nicht."

Jetzt sah Julia ihre Chance. „Doch", heulte auch sie, indem sie Jennys Aufschrei nachahmte. „Du hast es ja schon geschrieben!"

„Ich habe was?" Jenny blieb der Mund offen.

„Du hast dein Mathereferat schon geschrieben", wiederholte Julia.

„Wie meinst du das?" Endlich zeigte Jenny Interesse.

„Hier", sagte Julia und deutete auf das Notizheft. „Das ist ein perfektes Mathereferat. Du sagst, du hättest nächtelang darüber gesessen. Stimmt. Das sieht man. Du hast gearbeitet und gleichzeitig deine Schularbeit geschrieben."

Jenny überlegte. Sie setzte sich auf ihr Bett, drehte sich zu Julia und zog die Knie hoch. Laura setzte sich neben sie und ließ ihre Beine baumeln.

„Soviel ich weiß, solltest du eine Arbeit über Prozentsätze und Dezimalzahlen schreiben, stimmt's?"

Jenny nickte.

„Sind deine Kolonnen aus Dollars und Cents denn keine Dezimalzahlen? Und deine Provision läßt sich doch in einen wunderbaren Prozentsatz umwandeln!"

Jenny nickte, und langsam breitete sich ein Lächeln in ihrem Gesicht aus.

„Du brauchst nur noch deine Eintragungen zu vervollständigen und zu addieren und aus den verschiedenen Summen Prozentsätze zu errechnen. Du stellst zum

Beispiel in einem Prozentsatz dar, wieviel Prozent deiner Auftraggeber sofort bezahlt haben, wieviel Prozent überhaupt nicht bezahlten, ja, und wieviel Prozent deine Provision ausmachte, und so weiter. Das läßt sich sogar ohne Taschenrechner ausrechnen. Du brauchst nur noch die Zahlen für die Arbeiten der letzten Tage."

„Welche letzten Tage?"

„Deine Eintragungen enden am Freitag voriger Woche. Du hattest aber noch diese ganze Woche Arbeiten angenommen – und ausführen lassen. Wo sind deine Zahlen dafür?"

Jenny blickte zur Decke und dann zu Boden. Der ganze Teppich war übersät mit Notizzetteln, die Jenny in ihrer Wut hatte in die Luft flattern lassen.

„O nein", stöhnte sie jetzt.

„O nein!" hallte es von Laura nach.

„Da gibt es nur ein Mittel", verkündete Julia, „wir sammeln die Zettel alle auf und vervollständigen Jennys Mathereferat. Wir können sie doch nicht zu Hause lassen, wenn wir auf den Dreitageritt gehen, oder, Laura, was sagst du?"

„Nein, das können wir nicht", stimmte ihr Laura zu und kniete sofort nieder und begann die zerknüllten Zettel vom Boden aufzuheben.

Julia und Jenny folgten ihrem Beispiel. Gewiß gab es noch viel zu tun, bis das Referat endgültig fertiggestellt war – aber wo Freunde helfen, ist alles halb so schlimm.

# 13

Am Montag zwischen der Biologie- und der Sportstunde entdeckte Laura Julia in der großen Pausenhalle ihrer Schule. Sie erkannte Julia sofort an der tadellos gebügelten Bluse und dem dazu passenden Rock. Julias Mutter konnte es nicht lassen, ihre Tochter wie eine Puppe herauszuputzen. Wann würde Mrs. Atwood ihr endlich gestatten, sich so anzuziehen, wie es Julia selbst gefiel?

„He, Julia, warte!" rief Laura und lief ihr quer durch die Halle entgegen. Julia blieb stehen und konnte sich ein Lächeln nicht verkneifen. Lauras Hefte und Blätter flatterten wieder einmal zu Boden. Gemeinsam sammelten sie die verstreuten Schulweisheiten wieder ein.

„Wie läuft es?" fragte Laura atemlos. Sie wußte, daß Julia fast den ganzen Sonntag mit Jenny an ihrem Mathereferat gearbeitet hatte.

„Gut, sehr gut. Du glaubst gar nicht, was Jenny alles auf die Beine gestellt hat. Als sie von unzähligen Telefonanrufen sprach, hat sie wirklich nicht übertrieben. Allein während ich dort war, kamen mindestens wieder zehn Aufträge."

„Und hat sie die Jobs angenommen?"

„Nein, sie hat den Leuten gesagt, sie könne nicht mehr weitermachen. Viele ihrer Kunden waren sehr enttäuscht, aber bis das Referat steht, haben wir noch so viel zu tun, daß sie nebenbei unmöglich noch Arbeiten vermitteln kann."

„Schafft ihr es denn noch? Du weißt, am Freitag ist der Termin."

„Mit Hilfe ihrer Freunde klappt es vielleicht", grinste Julia. „Weißt du, was ich glaube?" fuhr Laura fort. „Wenn Jenny es fertiggebracht hat, soviel zu tun, um soviel Geld zu verdienen, dann schafft sie diese letzte Hürde auch noch, und wir drei können zusammen an dem Dreitageritt teilnehmen."

„Nun, da bin ich mir noch nicht so sicher", sagte Julia, und ihre Miene verdüsterte sich. Laura hielt den Atem an. „Meine Mutter ist der Meinung, daß ich für einen solchen Ausritt noch nicht genug Erfahrung habe. Da siehst du es. Zuerst war sie es, die unbedingt wollte, daß ich reiten lerne, weil sich das für ‚bessere' Leute so gehört." Julia verdrehte gequält die Augen. „Dann aber traf sie die feine Veronica, die sich bei uns zu Hause unmöglich benommen hat. Jetzt meint Mom, die Reiterei würde aus allen Mädchen Veronicas machen. Und außerdem ist meine Mutter der Meinung, drei Tage in den Bergen seien für mich zu anstrengend. Jenny wird es noch schaffen, aber für mich sehe ich schwarz."

So war das. Kaum glaubte Laura, sie könne aufatmen, stellten sich neue Schwierigkeiten ein.

Am Montag nachmittag fand sich Julia wieder bei Jenny ein, um die letzten Daten für ihr Referat zusammenzusuchen.

„Okay, du hast also am 20. dieses Monats für nachmittags drei Jobs angenommen. Was ich aber nicht verstehe, du hast für alle drei ‚Alex' eingetragen. Er kann bestimmt viel, immerhin ist er dein Zwillingsbruder, aber er ist doch auch kein Supermann."

„Nein, gewiß nicht", sagte Jenny, „aber wenn ich Alex dreimal eingetragen habe, wird er die drei Jobs irgendwie bewältigt haben."

„Dann schau dir trotzdem diese Zettel noch einmal an. Heißt das ‚Alex' oder nicht?" Sie reichte Jenny die zerknüllten Zettel. Jenny beugte sich widerwillig darüber. Seit zwei Tagen, so schien es ihr, hatte sie nichts anderes vor sich als zerknülltes Papier – und ihre eigene krakelige Handschrift.

„Nein, nein, das soll nicht ‚Alex' heißen, sondern ‚Alexa'", kam ihr die Erleuchtung. „Alexa Hammond, unsere Nachbarin. Sie ist ein richtiger Putzteufel, deshalb habe ich sie zu Mrs. Alcott geschickt."

„Aber du hast doch gesagt, Mrs. Alcott hat nie bezahlt, und hier hast du den Vermerk ‚bezahlt' angebracht."

„Das bedeutet doch, daß ich Alexa bezahlt habe. Mrs. Alcott hatte mich zu diesem Zeitpunkt noch nicht bezahlt. Inzwischen, glaube ich, hat sie mich bezahlt. Auch das habe ich auf einem Zettel festgehalten."

Julia seufzte. „Wenn du es notiert hast, werden wir es auch finden, und dann ergänzen wir den Vorgang."

Julia vertiefte sich wieder in das Notizheft. Jenny beobachtete sie und bewunderte ihre Fähigkeit, sich ganz auf ein derart trockenes Thema zu konzentrieren. Nun griff Julia nach dem Bleistift hinter ihrem rechten Ohr und ergänzte „Alex" um einen Buchstaben, so daß „Alexa" zu lesen war.

„Soll ich uns eine Limonade holen?" fragte Jenny.

„Hmmm", war die Antwort. Aber Julia war ganz in ihre Arbeit vertieft. Jenny bezweifelte, daß sie ihre Frage gehört hatte. Auf Zehenspitzen verließ sie den Raum. Während sie in der Küche Limonade und Waffeln holte, wurde ihr bewußt, was ihre Freundin, denn inzwischen war sie wirklich ihre Freundin geworden, für sie tat. Wer sonst würde soviel Zeit opfern und einer Mitschülerin bei den Schularbeiten helfen?

Sie nahm noch zwei Strohhalme aus einem Behälter und stieg wieder hinauf in ihr Zimmer. Ich muß mich jetzt ganz und gar auf meine Mathearbeit konzentrieren, nahm sie sich vor. Ich werde das schaffen, ich muß mir eben ein Beispiel an Julia nehmen. Und wenn wir zusammenarbeiten, bringen wir die Arbeit schon fertig. Schließlich habe ich es ja auch fertiggebracht, 50 Dollar zu verdienen. Das hat mir auch niemand zugetraut!

Am Dienstag nachmittag wußte Laura nicht, was sie sich wünschen sollte: daß die Reitstunde vorbei wäre oder daß sie ewig dauern sollte. Sie wußte nämlich, daß ihre beiden Freundinnen nach der Stunde in das Büro von Max bestellt waren. Außerdem war soeben Mrs. Atwood vorgefahren. Nach Julias letzter Aussage war ihre Mutter nach wie vor dagegen, daß ihre Tochter an dem Wanderritt teilnahm. Laura fand das unfair, denn schließlich hatte ja Mrs. Atwood darauf bestanden, daß Julia Reitstunden nahm. Und nun wollte Julia unbedingt mitreiten. Laura hatte nur ein- oder zweimal Gelegenheit gehabt, zu beobachten, wie Julia sich gegen die Meinung ihrer Mutter durchzusetzen versuchte. Sie war damit, wie auch damals an ihrem ersten Tag auf Pine Hollow, nie sehr erfolgreich gewesen.

Und was war mit Jenny? Selbst wenn sie ihr Mathereferat noch fertigbrachte, würde Max sie wahrscheinlich gar nicht mitreiten lassen. Sie hatte sich nämlich in der letzten Zeit mehrfach danebenbenommen. Sogar heute war sie zu spät in die Stunde gekommen, weil sie noch bei einer Freundin einen Taschenrechner hatte ausleihen müssen. Zuspätkommen konnte Max auf die Palme bringen. Aber auch Schlampereien im Stall haßte er wie die Pest. Jenny war zur Zeit so kopflos, daß Max fast jeden Tag mindestens einmal lauthals mit Jenny schimpfte.

Nach der Stunde sattelte Laura Delilah ab und versorgte sie. Dann sah sie nach, ob Veronica ihrem Pferd frisches Wasser gebracht hatte. Natürlich nicht. Also holte Laura auch noch für Cobalt Wasser. Schließlich brachte sie Delilahs Sattelzeug in die Sattelkammer. Dort beschloß sie zu warten, bis Max mit Mrs. Atwood und ihren Freundinnen gesprochen hatte. Wenn sie nur wüßte, was es zu besprechen gab. Warum waren Julia, ihre Mutter und Jenny zum gleichen Zeitpunkt bestellt worden? Ob Max beide, Julia und Jenny, nicht mitreiten ließ?

„Was überlegst du denn, Laura?“ fragte Mrs. Reg vorsichtig, als sie ihren Kopf zur Sattelkammertür hereinstreckte.

„Ach, nichts“, antwortete Laura ausweichend und vermied es in die Richtung von Max' Büro zu schauen.

„Das kann ich aber nicht glauben. Irgend etwas spukt in deinem Kopf herum, sonst hättest du Delilahs Kopfgeschirr nicht verkehrt herum aufgehängt. Und Cobalts Wassereimer hast du gleich sechsmal gespült.“

Laura lächelte verlegen. „Ist es so offensichtlich?“

„Ja, ich hab's gezählt. Häng jetzt das Kopfgeschirr richtig auf. Dann erzähl mir, was dir über die Leber gelaufen ist.“

Laura war froh, jemandem ihre Sorgen anvertrauen zu können. Mrs. Reg konnte zwar kaum etwas für sie tun, aber schon darüber zu reden tat gut. Sie brachte Delilahs Zaumzeug in Ordnung und setzte sich neben Mrs. Reg auf eine Holzbank.

„Meine Freundinnen…" begann Laura zögernd.

„Haben sie dich in Schwierigkeiten gebracht?" fragte Mrs. Reg, und ihre blauen Augen blitzten zornig auf.

„Nein, nein. Sie haben sich selbst in Schwierigkeiten gebracht", stellte Laura schnell richtig. Wie sollte sie Mrs. Reg die komplizierten Zusammenhänge erklären?

„Ich habe versucht, ihnen zu helfen, aber ich fürchte, es war alles umsonst. Wenn ich nur…" Laura wußte nicht weiter. Wie konnte sie nur glauben, daß sie Julias und Jennys Probleme lösen könnte?

„Jetzt einmal langsam…" sagte Mrs. Reg. „Du hilfst deinen Freundinnen, so gut du kannst, Laura. Aber manchmal ist es ganz gut, wenn sie sich selbst helfen müssen. Ich erinnere mich, ich hatte einmal ein Pferd, eine Schönheit. Sein Zaumzeug, das ich mit ihm bekam – und ein anderes besaß ich nicht – hatte ein sehr scharfes Gebiß." Laura wußte, was das bedeutete. Jede Parade war für das Pferd schmerzhaft. Jedes ungestüme Pferd kann man mit einem scharfen Gebiß gefügig machen.

„Na, was soll ich dir sagen?" fuhr Mrs. Reg fort, „jedesmal, wenn ich dieses Pferd ritt, versuchte ich mich mit immer härteren Paraden durchzusetzen. Und wir kämpften nur noch miteinander. Eines Tages brach das Gebiß. Der einzige Ersatz, den ich auftreiben konnte, war eine gebrochene Trense, die, wie du weißt, durch ein Gelenk in der Mitte geschmeidig im Pferdemaul liegt. Ich befürchtete, das Pferd damit überhaupt nicht bändigen zu können, aber ich hatte keine andere Wahl. Und was geschah? Die Wirkung war wie Tag und Nacht. Das Pferd brauchte sich nicht mehr gegen den Schmerz zu wehren, es gewann Vertrauen und ließ sich willig führen."

„Damit wollen Sie sagen, ich soll mich in die Angelegenheiten meiner Freundinnen nicht immer einmischen?" fragte Laura nach einer kleinen Denkpause.

„Nicht ganz, Laura. Ich denke, du solltest ihnen helfen, wenn sie es nötig haben. Aber bei entscheidenden Dingen, die jeder irgendwann selbst bewältigen muß, laß sie allein. Gute Freunde kommen immer durch."

„Immer?"

„Sagen wir, in der Regel", verbesserte sich Mrs. Reg.

„Danke, Mrs. Reg", sagte Laura, als die alte Dame nun die Sattelkammer verließ. Sie fühlte sich aber nicht besser. Dort im Büro kämpften zwei Meinungen gegeneinander, die ihrer Freundinnen und die von Max und Mrs. Atwood. Würden sie sich einigen? Warum dauerte es nur so lange?

„Bis später, Mom." Das war Julias Stimme. Laura horchte. Das Herz schlug ihr bis zum Hals, so aufgeregt war sie. Was war nun herausgekommen bei der großen Besprechung? Gleich mußten Julia und Jenny in der Sattelkammer auftauchen. So hatten sie es schon vor der Reitstunde ausgemacht. Sie starrte auf die angelehnte

Tür, horchte auf die Schritte ihrer Freundinnen und versuchte, ihre Ungeduld niederzukämpfen.

Die Tür wurde aufgestoßen, und Jenny und Julia standen mit todernsten Gesichtern vor ihr. Dann, als Laura sie fragend ansah, tauschten die beiden Blicke aus und warteten mit angehaltenem Atem, bis hinter ihnen die Tür langsam ins Schloß fiel. Dann sprangen sie in die Höhe und schrien aus einer Kehle: „Hurra, hurra!"

Das konnte nur eines bedeuten: Sieg!

„Was ist passiert? Dürft ihr mit? Ihr beide?"

Laura bombardierte ihre Freundinnen mit Fragen.

„Aber natürlich", sagte Jenny siegesgewiß. „Max war einmalig – er ist einsame Spitze. Das kannst du mir glauben, Laura. Ich hätte ihm das nicht zugetraut."

„Was ist denn gewesen? So sagt doch endlich!" Laura platzte schier vor Neugierde.

„Erzähl du, Julia. Sie ist deine Mutter", erklärte Jenny.

„Ach, Max ist ein richtiger Kumpel", begann Julia.

„Ich weiß, wir wissen es alle", drängte Laura. „Aber was hat er gesagt?"

„Er hat meine Mutter überzeugt, daß ich den Wanderritt mitmachen kann – mit Jenny als Partnerin."

„Ist das möglich?" staunte Laura. Ohne Zweifel, Jenny war eine gute Reiterin. Die beste Reiterin in der Abteilung aber war sie. Wenn Max für Julia schon eine Partnerin aussucht, warum dann nicht sie, Laura?

„Wieso mit dir, Jenny?" fragte Laura leicht gekränkt.

„Also hör zu: Zuerst schwärmte Max Mr. Atwood vor, wie einmalig ihre Tochter mir half, mein Mathereferat auszuarbeiten. Dann erzählte er ihr, daß ich ihn gebeten habe, mir einen Tip zu geben, wie oder wo ich etwas für Julia tun könnte. Mir war das zwar selbst neu, aber der Trick wirkte! Mrs. Atwood fand die Idee großartig und vertraute mir ihre Tochter an."

Jetzt verstand auch Laura, wie Max es eingefädelt hatte, daß Julia doch mitreiten durfte. Er war eben nicht nur der beste Reitlehrer, sondern auch ein guter Freund.

„Und Max konnte dies alles erzählen, ohne mit der Wimper zu zucken?" fragte Laura.

„Kaum, aber nur wir merkten es", gab Jenny zu. Endlich kam die große Erleichterung. Laura fing an zu kichern, dann brach Jenny in helles Lachen aus, und Julia ließ sich anstecken. Schließlich fielen sich alle drei in die Arme.

„Hurra!" jubelte Laura.

Damit war alles gesagt.

In diesem Augenblick ging die Tür zur Sattelkammer auf, und Veronica diAngelo trat ein. Laura wunderte sich, was sie noch so spät im Stall tat.

„Ich mußte Max noch wegen privater Springstunden sprechen", erklärte sie ihre Anwesenheit. Dann setzte sie sich auf die Bank und zog sich die Reitstiefel aus. „Und was treibt ihr hier noch?“ fragte sie.

„Wir haben auch mit Max gesprochen, wegen des Wanderritts“, berichtete Julia bereitwillig. „Und er hat gesagt, ich könnte mitreiten, und Jenny wird meine Partnerin sein! Ist das nicht Spitze?“

„Ja, das ist – Spitze“, sagte Veronica kalt und völlig unbeteiligt. Inzwischen hatte sie ihre Schuhe gewechselt. Sie stand auf und verließ hoheitsvoll die Sattelkammer.

Kaum war die Tür ins Schloß gefallen, kicherten die drei Mädchen laut heraus.

„Ja, das ist – Spitze!“ ahmte Jenny Veronica nach. „Habt ihr jemals eine so unehrliche Antwort gehört?“

„Warum hast du es ihr überhaupt gesagt?“ fragte Laura.

Julia zögerte einen Augenblick. „Sie soll wissen, daß Max mich immerhin für eine so gute Reiterin hält, daß ich am Ausritt teilnehmen kann. Für sie war ich nämlich eine zu schlechte Reiterin, um ihre Freundin zu sein.“

„Darf ich dir etwas sagen?“ fragte Jenny.

„Was?“

„Du bist mir nicht nur als Reiterin gut genug, um meine Freundin zu sein, du bist auch eine so gute Mathelehrerin, daß ich meine, wir sollten wieder an unsere Arbeit gehen. Die Mathearbeit muß in drei Tagen abgeliefert werden!“

Sie atmete tief durch und fuhr dann feierlich fort: „Weißt du, ich fühle mich heute so in Form, ich könnte ohne weiteres eine Zahlenreihe mit 650 Posten addieren, ohne mich zu verrechnen!“

„Dann dürfen wir keine Sekunde verschwenden!“ feixte Julia. „Gehen wir!“

Zu dritt machten sie sich auf den Weg zu Jennys Haus.

# 14

„Also, Jenny, jetzt machen wir Arbeitsteilung: Du errechnest jetzt die Summen der einzelnen Spalten, und ich trage die restlichen Vorgänge ein. Leider fehlen uns noch immer Daten, weil eben etliche Zettel unauffindbar bleiben. Bevor ich darüber nachdenke, wie wir die fehlenden Angaben einbringen, rechnest du einmal aus, was wir schon haben.“ Julia sprach sehr bestimmt.

Gehorsam nahm Jenny Rechnungsblatt und Taschenrechner zur Hand und begann die Zahlenreihen auszurechnen. Langsam nahm das Mathereferat Gestalt an.

Weder Jenny noch Julia beachteten Laura. Sie lag flach unter Jennys Bett, weil die Katze dort mit ihrem Kugelschreiber spielte, der ihr heruntergerollt war. In dem schwachen Licht konnte Laura zwar ihren Kugelschreiber nicht entdecken, dafür aber ein Häuflein zusammengeknülltes Papier, hinter dem sich die Katze verschanzt hatte. Madonna glaubte, Laura sei unters Bett gekrochen, um mit ihr zu spielen. Sie kratze mit ihrer Pfote ein Papierknäuel aus dem Haufen, stieß es an, und als es rollte, jagte sie ihm nach.

Laura lachte über Madonnas Spiel und sah ihr zu, wie sie mit ihren Krallen nach dem nächsten Papierknäuel langte. Da ging ihr ein Licht auf: „Hallo, Leute, aufgepaßt!“ schrie sie unterm Bett hervor.

„Ruhe da unten – sonst vertippe ich mich“, zischte Jenny.

„Warte doch einen Moment“, drang Lauras gedämpfte Stimme nach oben. Sie robbte rückwärts unterm Bett heraus und brachte Madonnas gesammelten Papiervorrat ans Tageslicht. „Du brauchst vorläufig nicht weiterzurechnen, denn wenn ich unterm Bett richtig gesehen habe, mußt du noch ein paar Zahlen dazuaddieren!“ Stolz breitete Laura ihren Fund auf dem Teppich aus.

Julia machte große Augen. „Unsere fehlenden Daten!“ rief sie und raffte sofort die Papierknäuel zusammen.

„O nein, nein! Nicht noch mehr Zahlen, die ich addieren muß!“ stöhnte Jenny.

„Aber gleich ist die Buchhaltung komplett, alle Daten lückenlos“, versuchte sie Julia zu trösten. Sie glättete die Zettel und entzifferte Jennys Gekritzel, worin sie es in den letzten Tagen zur Meisterschaft gebracht hatte. Jenny seufzte, aber sie nahm wortlos die neuen Zahlen in ihre Liste auf und begann wieder zu addieren. Sie hatte noch viel Arbeit vor sich, aber jetzt wollte sie sich durchbeißen. Laura hoffte nur, daß sie es schafften. Morgen früh nämlich mußte die Arbeit abgeliefert werden.

Ein paar Stunden später stand das Referat. Die Endsummen waren erstellt, die Prozentzahlen errechnet.

„Hoffentlich bekomme ich die Note, die ich brauche. Ich glaube, ich habe für die Schule noch nie so hart gearbeitet", sagte Jenny und betrachtete wohlgefällig das fertige Produkt.

„Ich auch nicht", meinte Julia, „auch nicht für meine eigenen Noten."

Am nächsten Morgen stand Jenny schon sehr früh auf. Sie wollte ihre Mathearbeit noch einmal durchschauen. War das, was sie – und ihre Freundinnen – geleistet hatten, auch so gut, wie es für eine gute Note erforderlich war? Darauf kam es doch an! Sie wollte das Deckblatt aufschlagen, zog aber die Hand zurück. Sie wagte es nicht, die Arbeit noch einmal durchzusehen. Was tun, wenn sie ihr heute, bei Tageslicht, nicht mehr gefiel, wenn sie ihr Beispiel, mit dem sie Dezimal- und Prozentzahlen demonstrierte, lächerlich fand? Für eine Korrektur wäre es zu spät, warum also sich in Zweifel stürzen?

Wenig später legte Jenny das Referat auf das Pult des Lehrers, setzte sich auf ihren Platz und hielt sich selbst die Daumen.

Am Samstag hatten die drei Mädchen wieder Reitstunde. Max übte mit ihnen den korrekten Sitz im Galopp.

Julia war froh, daß sie sich sehr anstrengen mußte, sonst hätte sie es nicht geschafft, sich zu konzentrieren.

„Leicht im Sattel sitzen und sich der Bewegung des Pferdes anpassen, Julia!“ rief Max ihr zu. „Nicht klammern, locker sitzen und entspannen!“ Wie sollte sie sich entspannen? Sie versuchte es. Aber konnte sie sich entspannen, wenn sie ständig an Jennys Arbeit denken mußte? Dann aber sagte Max plötzlich: „Gut, Julia, das war schon viel besser!“ Vielleicht hatte es doch geklappt. Oder wußte Max über alles Bescheid?

Am Montag nach der Schule läutete das Telefon. Laura wartete schon so lange auf Jennys Anruf, daß sie keine gute Nachricht mehr erwartete. Ihre Sorge war allerdings wieder einmal übertrieben.

„Ich hab sie zurückbekommen!“ rief Jenny, kaum hatte Laura abgehoben.

„Und?“ sagte Laura und preßte den Hörer so fest an ihr Ohr, daß es schmerzte.

„Ich getraue mich gar nicht, es zu sagen“, flüsterte Jenny.

„Was zu sagen?“ fragte Laura und befürchtete das Schlimmste.

Jenny räusperte sich. „Eine Eins plus. Ich habe für das Mathereferat eine Eins bekommen.“

Laura machte einen Freudensprung.

„Das bedeutet, daß ich als Schlußnote in Mathe eine Zwei plus bekomme. Das ist meine beste Mathenote seit der dritten Klasse. Kannst du es glauben? Es ist wahr!“

„Toll“, sagte Laura mit einem Seufzer der Erleichterung. „Das ist wunderbar. Gratuliere. Hast du Julia schon angerufen?“

„Ja, soeben“, sagte Jenny. „Ohne sie hätte ich es nie geschafft. Übrigens hat sie uns beide für Samstag nach der Reitstunde zu sich nach Hause eingeladen. Sie will eine kleine Feier veranstalten. Paßt dir das?“

„Samstag ist immer gut“, stimmte Laura zu und strahlte über das ganze Gesicht. „Dann sehen wir uns morgen in der Stunde.“

Sie legte auf und stieß ein befreiendes „Juchuuuu!“ aus.

„Was freut dich denn so, Schatz?“ rief ihr Vater vom Wohnzimmer herüber.

„Einfach alles, Daddy. Einfach alles!“

# 15

„Okay, also dann meinst du, ich brauche kein Kleid", sagte Julia im Spaß.

„Nur wenn es ein Modellkleid ist und deine Mutter darauf besteht", konterte Jenny. Julia lachte.

Die drei Mädchen waren in Julias Zimmer versammelt und besprachen vergnügt alle Einzelheiten des Wanderritts, hauptsächlich aber, was sie mitnehmen wollten.

„Ich werde auf alle Fälle meinen Kassettenrecorder einpacken", erklärte Jenny.

„Gut, aber bring keine Musik, die uns die Pferde scheu macht", warnte Laura. „Veronica kannst du ja meinetwegen in die Flucht schlagen."

„He, das ist eine Idee! Vielleicht treibe ich noch eine Kassette mit unheimlichen Nachtgeräuschen auf, womit wir sie im Zelt erschrecken können. Ich glaube, ich habe noch Geld, außerdem schuldet mir Betsy noch etwas von dem Job, den ich ihr gestern vermittelt habe."

Julia sah Jenny an: Von heute an sollte Schluß sein mit allem, was mit dem Mathereferat oder Geld für den Ausritt zu tun hatte."

„Okay", stimmte Jenny bereitwillig zu. „Ab heute ist also Schluß mit der Arbeitsvermittlung, dafür der Anfang von unserem ... ?"

„... großen Ausritt", sagte Julia.

„Stimmt nicht", widersprach ihr Jenny. „Unser großer Ausritt beginnt nächsten Freitag und endet am Sonntag. Heute fangen wir etwas anderes an, denke ich. Wer weiß, was ich meine?"

Die beiden Mädchen sahen zu Laura hinüber, die in Gedanken versunken in dem Lehnstuhl am Fenster saß.

„Laura, hörst du uns?" fragte Julia behutsam.

Laura nickte. „Entschuldigt, aber ich habe gerade gedacht, wie froh ich bin, daß ich zwei Freundinnen wie euch habe", sagte sie.

„Was willst du damit sagen?" fragte Jenny.

„Wir sind doch alle drei so ganz verschieden – und dennoch sind wir Freundinnen."

Sie sahen sich verwundert an und überlegten. „Jenny ist gut für jeden Streich ..." fuhr Laura fort.

„... Freundinnen ausgenommen – großes Ehrenwort", versprach Jenny feierlich.

„Dann haben wir Julia, die Musterschülerin, die ..."

„... Jenny bei der Mathearbeit half", sagte Julia. „Und Laura, den Schussel, dem die Busse davonfahren und der Stifte und Hefte über den Boden verstreut, der aber die entscheidenden Dokumente im richtigen Moment unter Jennys Bett hervorzaubert."

Laura schwieg. Die drei Mädchen sahen sich belustigt an. Sie paßten trotzdem gar nicht so schlecht zusammen!

„Aber", sagte jetzt Laura, „wir haben auf jeden Fall eine gemeinsame Leidenschaft: die Pferde. Wir reiten sie gerne, pflegen sie aber auch ebenso gerne."

„Moment mal, ich bin nicht gerade verrückt danach, Boxen auszumisten", schränkte Jenny ein.

„Mag sein, aber verrückte Pferdenarren sind wir trotzdem alle", meinte Laura abschließend.

„Da magst du recht haben", stimmte ihr Julia zu, und Jenny nickte.

„Okay, aber wie wäre es damit: Wir gründen einen Club, den Sattelclub!? Mitglied ist oder kann werden, wer jedem anderen Mitglied bei allen möglichen Dingen hilft, zum Beispiel bei Mathearbeiten, aber auch beim Satteln eines schwierigen Pferdes oder was sich beispielsweise bei einem Wanderritt ergeben mag."

„Wichtigste Bedingung aber ist die Liebe zu Pferden", fügte Jenny noch hinzu, denn sie beabsichtigte nicht, ein zweites Mathereferat zu fertigen.

„Einverstanden", sagte Laura.

Darauf gaben sie sich alle die Hand und umarmten sich.

„Auf den Sattelclub", sagte Julia und hob ihr Limonadenglas.

„Auf den Sattelclub", stimmten ihre Freundinnen ein und stießen mit ihr an.

Es war ein wunderschöner Klang.

## *Neues von den Sattelclub-Mädchen und ihren Pferden*

Band 1 **Drei Mädchen gründen einen Club**

Die Liebe zu Pferden und zum Reiten verbindet Laura, Jenny und Julia, und sie gründen einen Club, den „Sattelclub".

Band 2 **Veronicas Fehler**

Nach einem schlimmen Unfall im Reitstall gibt Laura das Reiten auf. Werden Jenny und Julia sie wieder umstimmen können?

Band 3 **Ein Pferd für Laura**

Laura pflegt Delilahs Fohlen, Jenny organisiert ein Reitfest. Wann haben die beiden wieder Zeit für Julia und den Club?

Band 4 **Die Neue**

Sara verschweigt den Sattelclub-Mädchen, daß sie erfolgreich Turniere reitet. Was ist das Geheimnis der Neuen?

*Folgende Bände sind in Vorbereitung:*

Band 5 **Freundschaft ist alles**

Band 6 **Abenteuer auf der Pferderanch**

Band 7 **Reitstall in Not**

Band 8 **Julia greift ein**